STS

絕對合格 日檢

N5 下 讀本

單字 文法 聽力 閱讀 一本就過！

考試分數大躍進
累積實力
百萬考生見證
應考秘訣

5

根據日本國際交流基金考試相關概要

吉松由美・田中陽子・西村惠子・大山和佳子
超強陣容聯合著作！

山田社
Shan Tian She

はじめに／前言

濃濃的日本市町風情、"家窄心寬"的日本居住觀、洋溢年輕個性與時髦的表參道、羞澀得跺腳穿和服的日本妹妹、北海道鬱金香的彩繪花田、吃到新鮮與四季的日本料理…

考日檢、學日語，一定要正經八百，不能時尚、活潑、有趣一點嗎？

《絕對合格！日檢 N5 讀本－單字、文法、聽力、閱讀 一本就過》超越一般傳統、古板的日檢內容，精心整理 N5 必考的單字、文法、聽力、閱讀等出題重點，用像雜誌一般活潑的版型，配合時尚、有趣的話題，讓你考日檢就像讀雜誌般地輕鬆，一學就會，一次通過。

當然，特別邀請日本人畫的插圖、精心挑選的照片，日本味十足，讓你在學習之餘，也彷彿置身日本一般：有濃濃的日本市町風情、"家窄心寬"的日本居住觀、洋溢年輕個性與時髦的表參道、羞澀得跺腳穿和服的日本妹妹、北海道鬱金香的彩繪花田、吃到新鮮與四季的日本料理…等。就是要給你新鮮、給你感動、給你一次通過。

《絕對合格！日檢 N5 讀本－單字、文法、聽力、閱讀 一本就過》分上下兩冊，給你最全面、充實的內容！推薦給所有考日檢 N5 的自學考生，也是所有學校、補習班選擇，最佳的從零開始學習的入門教材！

日語學習五大祕訣
Language & Culture

單字、文法、聽力、閱讀一本就過！聽、説、讀、寫給您最完整的日語學習！

進一步瞭解日本文化，讓您對日文越來越有興趣！

秘訣一

常考單字一網打盡：利用超強圖像記憶法原理，幫助您立馬 download 日文單字於腦海中！

秘訣二

聽力測驗輕鬆拿高分：一而再再而三，訓練您考試常出現，而且是生活上實用對話，讓您 N5 聽力一聽就懂！保證聽力瞬間提升。

秘訣三

日文短篇文章＋造句練習：時尚話題配合日檢 N5 文法，培養您文章閱讀能力，並了解日語句型結構！讓您輕鬆取得高分、考試得心應手！

秘訣四

彙整最常考的重點題型：原來日檢都這樣考啦！本書將幫助您掌握 N5 重點題型，深入淺出習得答題秘訣，讀了這本，簡直就像拿了張日檢合格證書的門票！

目次／目錄

請跟著課程安排，每一課都有精心安排的學習目標、重點、流程和練習，讓你得到最完整的學習。請跟著我們的腳步，從自我介紹到交友聊天、從逛街購物到國內外旅行、從生活興趣到追求夢想，充實的主題內容讓你的日文能力越來越有深度！

清音表

	あ（ア）段	い（イ）段	う（ウ）段	え（エ）段	お（オ）段
あ（ア）行	あ（ア）a	い（イ）i	う（ウ）u	え（エ）e	お（オ）o
か（カ）行	か（カ）ka	き（キ）ki	く（ク）ku	け（ケ）ke	こ（コ）ko
さ（サ）行	さ（サ）sa	し（シ）shi	す（ス）su	せ（セ）se	そ（ソ）so
た（タ）行	た（タ）ta	ち（チ）chi	つ（ツ）tsu	て（テ）te	と（ト）to
な（ナ）行	な（ナ）na	に（ニ）ni	ぬ（ヌ）nu	ね（ネ）ne	の（ノ）no
は（ハ）行	は（ハ）ha	ひ（ヒ）hi	ふ（フ）fu	へ（ヘ）he	ほ（ホ）ho
ま（マ）行	ま（マ）ma	み（ミ）mi	む（ム）mu	め（メ）me	も（モ）mo
や（ヤ）行	や（ヤ）ya		ゆ（ユ）yu		よ（ヨ）yo
ら（ラ）行	ら（ラ）ra	り（リ）ri	る（ル）ru	れ（レ）re	ろ（ロ）ro
わ（ワ）行	わ（ワ）wa				を（ヲ）o
					ん（ン）n

濁音／半濁音表

	あ（ア）段	い（イ）段	う（ウ）段	え（エ）段	お（オ）段
か（カ）行	が（ガ）ga	ぎ（ギ）gi	ぐ（グ）gu	げ（ゲ）ge	ご（ゴ）go
さ（サ）行	ざ（ザ）za	じ（ジ）ji	ず（ズ）zu	ぜ（ゼ）ze	ぞ（ゾ）zo
た（タ）行	だ（ダ）da	ぢ（ヂ）ji	づ（ヅ）du	で（デ）de	ど（ド）do
は（ハ）行	ば（バ）ba	び（ビ）bi	ぶ（ブ）bu	べ（ベ）be	ぼ（ボ）bo
は（ハ）行	ぱ（パ）pa	ぴ（ピ）pi	ぷ（プ）pu	ぺ（ペ）pe	ぽ（ポ）po

拗音表

きゃ（キャ）kya	きゅ（キュ）kyu	きょ（キョ）kyo
ぎゃ（ギャ）gya	ぎゅ（ギュ）gyu	ぎょ（ギョ）gyo
しゃ（シャ）sya	しゅ（シュ）syu	しょ（ショ）syo
じゃ（ジャ）ja	じゅ（ジュ）ju	じょ（ジョ）jo
ちゃ（チャ）cha	ちゅ（チュ）chu	ちょ（チョ）cho
ぢゃ（ヂャ）ja	ぢゅ（ヂュ）ju	ぢょ（ヂョ）jo
にゃ（ニャ）nya	にゅ（ニュ）nyu	にょ（ニョ）nyo
ひゃ（ヒャ）hya	ひゅ（ヒュ）hyu	ひょ（ヒョ）hyo
びゃ（ビャ）bya	びゅ（ビュ）byu	びょ（ビョ）byo
ぴゃ（ピャ）pya	ぴゅ（ピュ）pyu	ぴょ（ピョ）pyo
みゃ（ミャ）mya	みゅ（ミュ）myu	みょ（ミョ）myo
りゃ（リャ）rya	りゅ（リュ）ryu	りょ（リョ）ryo

12 我的日本小旅行

お台場は　きれいでした。おもしろかったです。

看圖記單字
絵を見て覚えよう

▶ T 12.1　聽聽看！再大聲唸出來

1	2	3	4	5

6	7	8	9	10

11	12	13	14	15

1 車／車子

2 新幹線／新幹線

3 電車／電車

4 バス／公車

5 タクシー／計程車

6 パトカー／警車

7 救急車／救護車

8 バイク／機車

9 自転車／腳踏車

10 トラック／卡車

11 船／船

12 フェリー／渡輪

13 飛行機／飛機

14 ヘリコプター／直昇機

15 ボート／小船

文法重點提要

□ [場所] へ（に）／[目的] に   □ [到達点／移動先] に

□ [場所] へ行きます／来ます／帰ります   □ [名詞／な形] でした／じゃありませんでした

□ には／へは／とは（とも）   □ [い形容詞] かったです／くなかったです

□ [交通手段] で行きます／来ます／帰ります   □ [い形い] くて、〜／[な形な・名詞] で、〜

靈活應用
応用編

▶ **T 12.2** 以下是喜歡假日四處走走的您，一定會需要的
話題，請靈活運用下面的例子，跟同伴多多練習。

お台場／台場

A：週末は 何を しましたか。

　　妳週末做了什麼呢？

B：お台場へ 花火を 見に 行きました。

　　去了台場看煙火。

花火を 見ます／看煙火

A：会場には 何で 行きましたか。

　　搭什麼去會場的？

B：電車で 行きました。はじめて ゆりかもめに 乗り
ました。

　　搭電車去的。我第一次搭百合海鷗號電車。

A：そうですか。どうでしたか。

　　這樣啊。感覺如何？

電車／電車

B：お台場は きれいでした。おもしろかったです。でも、
人が 多くて 疲れました。

　　台場好漂亮，也很好玩，不過，人太多了，好累。

A：そうですか。

　　這樣喔。

B：それで、友達と 喫茶店で コーヒーを 飲みました。

　　所以，我和朋友去咖啡廳喝了咖啡。

▶ 換您表現囉！參考以上對話，以下面的地方為話題，跟同伴練習。

ニューヨーク／紐約

パリ／巴黎

ベネチア／威尼斯

文法重點說明

1 お台場へ　花火を　見に　行きました。（去了台場看煙火。）

「［場所］へ（に）/［目的］に」表示移動的場所用助詞「へ」，表示移動的目的用助詞「に」。「に」的前面要用動詞「ます」形。例如「買います」，就變成「買い」，也就是把「ます」拿掉。

来週　京都へ　旅行に　行きます。（下個禮拜要去京都旅行。）
図書館へ　本を　返しに　行きます。（去圖書館還書。）

「［場所］へ行きます/来ます/帰ります」。「へ」前接跟地方有關的名詞，表示動作、行為的方向。同時也指行為的目的地。這時候可以跟「に」互換。可譯作「往…」、「去…」。

喫茶店へ　行きます。（去咖啡廳。）
来月　国へ　帰ります。（下個月回國。）
電車で　学校へ　来ました。（搭電車來學校。）

2 会場には　何で　行きましたか。（搭什麼去會場的？）

「には/へは/とは（とも）」格助詞「に、へ、と…」後接「は」或「も」，有強調格助詞前面的名詞的作用。

この　川には　魚が　多いです。（這條河裡魚很多。）
あの　子は　公園へは　来ません。（那個孩子不會來公園。）

3 電車で　行きました。（搭電車去的。）

「［交通手段］で行きます/来ます/帰ります」表示用的交通工具，可譯作「乘坐…」；動作的方法、手段，可譯作「用…」。

彼女は　新幹線で　京都へ　行きます。（她搭新幹線去京都。）

4 はじめて　ゆりかもめに　乗りました。（我第一次搭百合海鷗號電車。）

「［到達点/移動先］に」表示動作移動的到達點。

ここで　タクシーに　乗ります。（在這裡搭計程車。）
今日　成田に　着きます。（今天會抵達成田。）

5 ▶ お台場は　きれいでした。（台場好漂亮。）

「[名詞／な形]でした／ではありませんでした」。名詞跟な形容詞的過去式，是將現在肯定的詞尾「だ」變成「だっ」然後加上「た」。敬體是將詞尾「だ」變成「でし」再加上「た」。過去否定式是將現在否定，如「静かではない」中的「い」改成「かっ」然後加上「た」。再接「です」是敬體，禮貌的說法。另外，還有將現在否定的「ではありません」後接「でした」，就是過去否定了。

昨日は　雨でした。（昨天下雨。）
田中さんは　元気でした。（田中先生以前很健康的。）
彼女の　家は　立派では　ありませんでした。（以前她的家並不豪華。）

6 ▶ おもしろかったです。（很好玩。）

「[い形容詞]かったです／くなかったです」い形容詞的過去肯定是將詞尾「い」改成「かっ」然後加上「た」。而過去否定是將現在否定式的如「青くない」中的「い」改成「かっ」然後加上「た」。形容詞的過去式，表示說明過去的客觀事物的性質、狀態，以及過去的感覺、感情。再接「です」是敬體，禮貌的說法。

今朝は　涼しかったです。（今天早上很涼爽。）
この　映画は　面白く　なかったです。（這部電影不好看。）

7 ▶ でも、人が　多くて　疲れました。（不過，人太多了，好累。）

「[い形い]くて、〜」。い形容詞詞尾「い」改成「く」，再接上「て」，表示句子還沒說完到此暫時停頓，和屬性並列（連接い形容詞或な形容詞時）的意思。亦稍有表示原因之意。

この　ベッドは　古くて　小さいです。（這張床又舊又小。）
教室は　明るくて　ひろいです。（教室又明亮又寬敞。）

「[な形な・名詞]で、〜」な形容詞詞尾「だ」改成「で」，表示句子還沒說完到此暫時停頓，以及屬性並列（連接形容詞或形容動詞時）的意思。亦稍有表示原因之意。名詞也是一樣。

ここは　静かで　いい　公園ですね。（這裡很安靜，真是座好公園啊。）
あの　アパートは　便利で　安いです。（那間公寓又方便又便宜。）

填填看
やってみよう

▶ T 12.3 **A** 下面所形容的地方是哪裡呢？請從ア、イ、ウ中選出正確答案，並填上。

ア 京都 きょうと	イ 沖縄 おきなわ	ウ 北海道 ほっかいどう

1

そこは　静かです。苦瓜が　有名です。
しず　　　　　にがうり　　ゆうめい
（那裡很安靜。以產苦瓜出名。）

2

夏は　涼しく、冬は　とても　寒い　ところです。
なつ　すず　　ふゆ　　　　　　さむ
雪祭りが　有名です。
ゆきまつ　　ゆうめい
（夏天很涼，冬天很冷的地方。以雪祭出名。）

3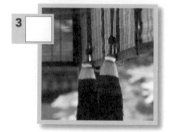

そこは　きれいです。金閣寺が　有名です。
　　　　　　　　　きんかくじ　ゆうめい
（那裡很美麗。以金閣寺出名。）

▶▶ 答案詳見P140

▶ T 12.4 **B** 請聽聽MP3中男、女的對話，他們所談論是怎麼樣的城市呢？請將他們所用的形容詞打勾。

> 浅草は　どうでしたか。
> あさくさ
> 淺草如何？

> 人が　多かったです。
> ひと　おお
> 人很多。

1 □ にぎやか（な）／熱鬧（的）
　　□ 静か（な）／安靜（的）
　　　しず

4 □ 古い／舊（的）
　　　ふる
　　□ 新しい／新（的）
　　　あたら

2 □ 汚い／骯髒的
　　　きたな
　　□ きれい（な）／漂亮；乾淨（的）

5 □ 冷たい／冷漠（的）
　　　つめ
　　□ 親切（な）／親切（的）
　　　しんせつ

3 □ 静か（な）／安靜（的）
　　　しず
　　□ にぎやか（な）／熱鬧（的）

6 □ おもしろい／有趣的
　　□ つまらない／無聊的

> にぎやかでした。
> 很熱鬧。

▶▶ 答案詳見P140

對話練習
話してみよう

▶ **T 12.5** 參考圖 1 對話，然後跟同伴練習 2 到 4。另外，最後一句日文紅字，就請自由發揮囉！

A：日曜日、**鎌倉へ** 行きました。
星期日我去了鎌倉。

B：誰と 行きましたか。
跟誰去呢？

A：友達と 行きました。
跟朋友去。

B：何で 行きましたか。
坐什麼去呢？

A：電車で 行きました。**鎌倉には** 有名な **大仏が** あります。
坐電車去。鎌倉有著名的大佛。

> 換掉紅色字就可以用日語聊天了～

1	2	3	4
友達／鎌倉／電車	**妹 ／名古屋／新幹線**	**彼／横浜／車**	**同僚／九州／飛行機**
朋友／鎌倉／電車	妹妹／名古屋／新幹線	男朋友／横濱／車	同事／九州／飛機

▶▶ 其它參考對話詳見P140

▶ 這個星期日您有什麼計畫呢？參考上面的對話，跟同伴練習。

▶ 請閱讀以下短文，試著回答下列問題。

閱讀

　友だちと　ラスベガスへ　遊びに　行きました。そして、絶叫マシンに　乗りました。絶叫マシンは、３００メートルぐらいから　下へ　落ちます。とても　速く、怖かったです。でも、夜景には　感動しました。とても　きれいでした。ベガス　ありがとう。

1 この　人は　何を　しましたか。
　❶友だちと　遊びました。
　❷ラスベガスへ　絶叫マシンに　乗りに　行きました。
　❸絶叫マシンを　下へ　落としました。
　❹夜景に　感動しました。

2 何が　きれいでしたか。
　❶友だち　❷ラスベガス　❸絶叫マシン　❹夜景

翻譯　　解答

　　我跟朋友去了拉斯維加斯玩。然後，我們坐了高空驚險遊樂設施。那個高空驚險遊樂設施從300公尺左右的高度向下俯衝，速度非常快，嚇死人了。不過，夜景讓人看得很感動，漂亮極了。維加斯，謝謝你。

1 這個人做了什麼？
　❶ 跟朋友遊玩。　　　　　　　❷ 為了坐高空驚險遊樂設施去拉斯維加斯。
　❸ 高空驚險遊樂設施向下俯衝。　❹ 夜景看得很感動。

2 什麼很漂亮呢？
　❶ 朋友　　　　❷ 拉斯維加斯　　　❸ 高空驚險遊樂設施　　　❹ 夜景

答案：1．2 4

Lesson 12
N5單字總整理！

剛上完一課，快來進行單字總復習！
在日檢考試前，幫您做好萬全準備！

交通工具

橋（橋，橋樑）

地下鉄（地下鐵）

飛行機（飛機）

交差点
（十字路口）

タクシー【taxi】
（計程車）

電車（電車）

駅
（〈鐵路的〉車站）

車（汽車）

自動車
（車，汽車）

自転車
（腳踏車）

バス【bus】
（巴士，公車）

エレベーター
【elevator】
（電梯，升降機）

町（城鎮；街道）

道（路，道路）

模擬考題

一、文字、語彙問題

もんだい1＿＿の　ことばは　ひらがな、カタカナや　かんじで　どう　かきますか。
1・2・3・4から　いちばん　いいものを　ひとつ　えらんで　ください。

① この　地図は　あたらしいですか。ふるいですか。
　　1　ちず　　　　　　　2　じつ　　　　　　　3　ちづ　　　　　　　4　ちざ

② でんしゃの　きっぷは　どこで　かいますか。
　　1　雷車　　　　　　　2　雲車　　　　　　　3　需車　　　　　　　4　電車

③ えきの　まえに　じてんしゃが　たくさん　あります。
　　1　白転車　　　　　　2　自転車　　　　　　3　自伝車　　　　　　4　自軒車

④ こうさてんで　しんごうを　まちます。
　　1　交差天　　　　　　2　交差店　　　　　　3　文差点　　　　　　4　交差点

⑤ たくしいは　どの　みちを　いきますか。
　　1　クタシー　　　　　2　タクシー　　　　　3　クタツー　　　　　4　ヌクシー

⑥ かいだんの　まえに　エレベーターが　あります。
　　1　えれべいたあ　　　2　えねべえたあ　　　3　えれべえたあ　　　4　えねべえぬあ

もんだい2　（　　　）に　なにを　いれますか。1・2・3・4から　いちばん　いいもの
を　ひとつ　えらんで　ください。

① たなかさんは　まいにち　（　　　）で　がっこうへ　いきます。
　　1　じどうしゃ　　　　2　じてんしゃ　　　　3　でんしゃ　　　　　4　かいしゃ

② （　　　）で　10かいに　行きます。
　　1　エレベーター　　　2　カレンダー　　　　3　タクシー　　　　　4　セーター

もんだい3　＿＿＿＿の　ぶんと　だいたい　おなじ　いみの　ぶんが　あります。1・2・
3・4から　いちばん　いいものを　ひとつ　えらんで　ください。

① らいげつ　アメリカへ　りょこうに　いきます。
　　1　らいげつ　アメリカへ　あそびに　いきます。
　　2　らいげつ　アメリカへ　べんきょうに　いきます。
　　3　らいげつ　アメリカへ　しごとに　いきます。
　　4　らいげつ　アメリカへ　れんしゅうに　いきます。

② きのうの　テストは　むずかしく　なかったです。

1　きのうの　テストは　つまらなかったです。

2　きのうの　テストは　よく　できませんでした。

3　きのうの　テストは　かんたんでは　ありませんでした。

4　きのうの　テストは　やさしかったです。

二、文法問題

もんだい1　（　　　）に　何を　入れますか。1・2・3・4から　いちばん　いいものを　一つ　えらんで　ください。

① A「とても　おおきな　としょかんですね。」

B「そうですね。この　としょかん（　　　）ふるい　本も　たくさん　ありますよ。」

1　には　　　　　　2　へは　　　　　　3　では　　　　　　4　とは

② えきから　たいしかんまで　バス（　　　）　行きます。

1　に　　　　　　2　で　　　　　　3　が　　　　　　4　へ

③ わたしは　まいばん　おふろ（　　　）　はいります。

1　で　　　　　　2　を　　　　　　3　に　　　　　　4　が

④ きのうは　さむかったですが、きょうは（　　　）。

1　あたたかかったです　　　　　2　あたたかいでした

3　あたたかくないです　　　　　4　あたたかくでは　ありません

⑤ こうえんの　はなは　とても（　　　）。

1　きれかったです　　　　　　2　きれくなかったです

3　きれくないでした　　　　　4　きれいでした

⑥ あねの　あたらしい　カメラは（　　　）かるいです。

1　小さいくて　　2　小さくて　　3　小さいで　　4　小さいと

もんだい2　＿＿★＿＿に　入る　ものは　どれですか。1・2・3・4から　いちばん　いいものを　一つ　えらんで　ください。

① 田中「山田さんは　きのう　何を　しましたか。」

山田「ともだち　＿＿＿＿　＿＿＿＿　＿★＿　＿＿＿＿　に　いきました。」

1　デパート　　2　へ　　3　と　　4　かいもの

② 鈴木「＿＿＿＿　＿＿＿＿　＿★＿　＿＿＿＿ですね。」

本木「ありがとう　ございます。」

1　長くて　　2　髪　　3　な　　4　きれい

13

享受喜歡做的事！

私は　映画を　見るのが　好きです。

看圖記單字
絵を見て覚えよう

▶ **T 13.1**　聽聽看！再大聲唸出來

練習しよう

1　ゲームを　する／打電玩
2　写真（しゃしん）を　撮（と）る／拍照
3　釣（つ）りを　する／釣魚
4　山（やま）に　登（のぼ）る・山（やま）を　登（のぼ）る／爬山

5　歌（うた）を　歌（うた）う／唱歌
6　花（はな）を　生（い）ける／插花
7　映画（えいが）を　見（み）る／看電影
8　習字（しゅうじ）を　する／寫書法

9　ドライブを　する／（開車）兜風
10　スケートを　する／溜冰
11　将棋（しょうぎ）を　指（さ）す／下將棋
12　音楽（おんがく）を　聞（き）く／聽音樂

文法重點提要

□ ［名詞］は［動詞辞書形］ことです

□ 動詞普通形

□ ［名詞の／普通形］のとき

□ ［名詞］が［好き／嫌い／上手／下手］です

□ ～のが

□ ［動詞た形］り［動詞た形］りします

□ ［動詞］ましょう／ましょうか

□ ［理由］で

［靈活應用　応用編］　會說日語不稀奇，會用日語跟日本人聊天才厲害！「你的興趣是什麼呢？」，像這樣問人家喜歡做的事，就是個不錯的聊天話題喔！讓我們一起用日語聊天，談談彼此吧！

▶ **T 13.2**　怎麼說自己的興趣呢？跟同伴練習下面的對話吧！

A：青木さんの　ご趣味は　何ですか。

　　青木小姐的興趣是什麼呢？

B：料理を　つくることです。お客さんが　来たとき、ごちそうを　作ります。

　　我喜歡烹飪。有客人來時，我會煮很多好吃的東西。

A：青木さんは　料理が　上手ですね。

　　青木小姐的廚藝很高明喔。

B：いいえ、まだまだです。高橋さんの　ご趣味は？

　　哪裡，還差得遠。高橋先生的嗜好呢？

A：私は　映画を　見るのが　好きです。

　　我喜歡看電影。

B：どんな　映画を　見ますか。

　　什麼類型的電影呢？

A：アクション物を　見たり、ＳＦを　見たり　します。ラブストーリーは　好きでは　ありません。

　　我喜歡看動作片和科幻片，不喜歡愛情片。

B：では、日曜日　映画を　見に　行きましょう。

　　那麼，我們星期天去看電影吧。

A：せっかくですが、今度の　日曜日は　接待ゴルフで　時間がありません。土曜日では　どうですか。

　　謝謝妳的邀請，但是，這個星期天我要去陪客戶打高爾夫球，沒有空。星期六可以嗎？

B：いいですよ。

　　好呀。

文法重點說明

① 青木さんの ご趣味は 何ですか。（青木小姐的興趣是什麼呢？）

「ご（名詞）」接在漢字詞前面表示尊重或莊重。加在表示自己為對方所做的動作詞前面，表示謙遜。

ご両親は お元気ですか。（您父母身體安康嗎？）

私が ご案内します。（由我來帶路。）

② 料理を つくることです。（烹飪。）

「[名詞]を[動詞辭書形]ことです」中的「動詞辭書形」相對於「動詞ます形」，動詞基本形（或叫普通形）說法比較隨便，一般用在關係跟自己比較親近的人之間。因為辭典上的單字用的都是基本形，所以又叫辭書形。基本形怎麼來的呢？請看下面的表格。

五段動詞	拿掉動詞「ます形」的「ます」之後，最後將「い段」音節轉為「う段」音節。 かきます→かき→かく　　ka-ki-ma-su→ka-ki→ka-ku
一段動詞	拿掉動詞「ます形」的「ます」之後，直接加上「る」。 たべます→たべ→たべる　　ta-be-ma-su→ta-be→ta-be-ru
不規則動詞	します→する　　　　　きます→くる

靴下を はく。（穿襪子。）

毎日 8時間 働く。（每天工作 8 小時。）

③ お客さんが 来たとき、ごちそうを 作ります。（有客人來時，我會煮很多好吃的東西。）

「[名詞の/な形容詞な/普通形]とき」。表示與此同時並行發生其他的事情。前接動詞辭書形時，跟「するまえ」、「同時」意思一樣，表示在那個動作進行之前或同時，也同時並行其他行為或狀態；如果前面接動詞過去式，跟「したあと」意思一樣，表示在過去，與此同時並行發生的其他事情或狀態。可譯作「…的時候…」。

10歳の とき、入院しました。（10 歲時有住院。）

暇な とき、公園へ 散歩に 行きます。（空閒時會到公園散步。）

妹が 生まれた とき、父は 外国に いました。
（妹妹出生的時候，父親在國外。）

4 私は 映画を 見るのが 好きです。（我喜歡看電影。）

「[名詞] が [好き／嫌い／上手／下手] です」。「が」前接對象，表示好惡、需要及想要得到的對象，還有能夠做的事情、明白的事物，以及擁有的物品。

彼女は 日本料理が 好きです。（她喜歡日本料理。）

5 私は 映画を 見るのが 好きです。（我喜歡看電影。）

「[名詞修飾短語] の（は／が／を）」。「の」具有人、物、場所、時間、理由等意思。前面接名詞修飾短句，使其名詞化，成為後面主語或目的語。

この 大きいのが いいです。（這個大的比較好。）—物
彼に 会ったのは 昨日です。（見到他的時間是昨天。）—時間

6 アクション物を 見たり、ＳＦを 見たり します。（我喜歡看動作片和科幻片。）

「[動詞た形] り [動詞た形] りします」表示動作的並列，從幾個動作之中，例舉出２、３個有代表性的，然後暗示還有其他的。這時候意思跟「や」一樣。可譯作「又是…，又是…」；還表示動作的反覆實行，說明有這種情況，又有那種情況，或是兩種對比的情況。可譯作「有時…，有時…」。

ゆうべは 友達と 飲んだり、食べたり しました。
（昨晚和朋友又是喝酒、又是吃飯。）
土曜日は 散歩したり、ギターを 練習したり します。
（禮拜六有時散步、有時練吉他。）

7 では、日曜日 映画を 見に 行きましょう。（那麼，我們星期天去看電影吧。）

「[動詞] ましょう」表示勸誘對方跟自己一起做某事。一般用在做那一行為、動作 事先已經規定好，或已經成為習慣的情況。也用在回答時。可譯作「做…吧」。

９時半に 会いましょう。（就約九點半見面吧。）
一緒に 帰りましょう。（一請回家吧。）

另外，補充「[動詞] ましょうか」這個句型，它有兩個意思，一個是表示提議，想為對方做某件事情並徵求對方同意。另一個是表示邀請，相當於「ましょう」，但是是站在對方的立場著想才進行邀約。可譯作「我來…吧」、「我們…吧」。

寒いですね。窓を　閉めましょうか。（好冷喔，我來把窗戶關起來吧？）

大きな　荷物ですね。持ちましょうか。（好大件的行李啊，我來幫你提吧？）

8 今度の　日曜日は　接待ゴルフで　時間がありません。（這個星期天我要去陪客戶打高爾夫球，沒有空。）

「[理由]で」為什麼會這樣呢？怎麼會這樣做呢？表示原因、理由。可譯作「因為…」。

私は　風邪で　頭が　痛いです。（我因為感冒所以頭很痛。）

地震で　電車が　止まりました。（因為地震，電車停下來了。）

趣味は何ですか。
しゅみ　なん
你的興趣是什麼呢?

對話練習
話してみよう

▶ **T 13.3** 人們在談論自己喜歡跟不喜歡的東西。請參考圖 1 對話，然後跟同伴練習圖 2 到 4。

A：高橋さん、**どんな　スポーツ**が　好きですか。
たかはし　　　　　　　　　　　　　　　す
高橋小姐喜歡什麼運動呢?

B：テニスが　好きです。
　　　　　す
喜歡打網球。

A：サッカーは　どうですか。
那足球呢?

B：そうですね。**サッカー**は　ちょっと……。
嗯，足球就不太喜歡……。

A：では、日曜日は　**テニス**を　しましょう。
　　　にちようび
那麼，我們星期日去打網球吧!

1 スポーツ
運動

サッカー／足球

テニス／網球

2
すき焼き／壽喜燒
や
とんかつ／炸豬排
食べ物
た　もの
食物

3
ワイン／葡萄酒
ビール／啤酒
お酒
さけ
酒

4
ゆり／百合
バラ／玫瑰
花
はな
花

▶▶ 其它參考對話詳見P141

▶ 好好表現一下囉! 參考上面的說法，跟同伴說說自己所喜歡跟不喜歡的事物。

連連看
やってみよう

▶ **T 13.4** 下面這些人各有各的拿手的項目，請把它們連起來。

1	2	3	4
鈴木さん 鈴木小姐	アリさん 阿里先生	青木さん 青木小姐	かつお君 勝男

ア	イ	ウ	エ
料理 料理	ピアノ 鋼琴	釣り 釣（魚）	ゲーム 電玩遊戲

▶▶ 答案詳見P141

▶ **T 13.5** 公司的年度運動會快到了，各部門都要選出各項適當人選，請參考例句，跟同伴練習對話。

A：佐藤さんは　ゴルフが　上手ですか。
佐藤小姐很會打高爾夫球嗎？

B：いいえ、上手では　ありません。
不，不會。

A：水泳は　どうですか。
那游泳呢？

B：水泳は　上手です。
很會游泳。

聽力練習
聞き取り練習

▶ **T 13.6** 中山小姐跟橋本先生各有哪些嗜好呢？請幫他們打勾。

ゴルフを　する／打高爾夫球

歌を　歌う／唱歌

ギターを　弾く／彈吉他

料理を　する／做菜

▶▶ 答案詳見P141

填填看
やってみよう

▶ 請從下面左邊的 1 到10項中，選出自己喜歡跟不喜歡，還有拿手跟不拿手的項目，各三項，
然後填在右邊的格子裡。

1 ゲームを　する
　／打電玩

2 写真を　撮る
　／拍照

3 釣りを　する
　／釣魚

4 山に　登る・
山を　登る／爬山

6 歌を　歌う
　／唱歌

7 花を　生ける
　／插花

8 映画を　見る
　／看電影

9 習字を　する
　／寫書法

10 ドライブを　する
　／（開車）兜風

11 スケートを　する
　／溜冰

12 将棋を　指す
　／下將棋

13 音楽を　聞く
　／聽音樂

好き／喜歡	嫌い／不喜歡	上手／拿手	下手／不拿手

▶ 請閱讀以下短文，試著回答下列問題。

閲読

　　私の　趣味は、お出かけすることです。休みの　ときは、買い物を　したり、外食を　したりします。金曜の　夜は、友達と　カラオケに　行きました。J-POPが　好きです。それから、ケーキ食べ放題に　行きました。土曜日は、彼と　海へ　ドライブに　行きました。彼は　運転が　上手です。日曜日は　雨で　家に　いました。

1 この　人は　何が　好きですか。

　❶ 買い物や　外食を　しに　出かけること　❷ カラオケで　歌うこと
　❸ ケーキを　たくさん　食べること　❹ 車を　運転すること

2 この　人は　いつ　出かけませんでしたか。

　❶ 金曜日　　　❷ 土曜日　　　❸ 日曜日　　　❹ 毎日　出かけました。

翻譯　　解答

　　我的興趣是出門到處玩。放假的時候，我會去買買東西、吃吃外食。星期五晚上，我跟朋友去了卡拉OK。我喜歡日本的流行音樂。接著，我們去吃了蛋糕吃到飽。星期六，我跟男友開車去了海邊兜風。男友的開車技術很好。星期天因為下了雨，所以待在家裡。

---

1 這個人喜歡什麼呢？

　❶ 出門買東西、吃外食　❷ 在KTV唱歌　❸ 吃很多蛋糕　❹ 開車

2 這個人什麼時候沒出門呢?

　❶ 星期五　　　❷ 星期六　　　❸ 星期天　　　❹ 每天都出了門。

Lesson 13

N5單字總整理！

剛上完一課，快來進行單字總復習！
在日檢考試前，幫您做好萬全準備！

娛樂

映画（電影）

音楽（音樂）

レコード【record】
（唱片）

テープ【tape】
（膠布；錄音帶，卡帶）

ギター【guitar】
（吉他）

歌（歌，歌曲）

絵
（圖畫，繪畫）

カメラ【camera】
（照相機；攝影機）

写真
（照片，相片，攝影）

フィルム【film】
（底片，膠片；影片；電影）

外国
（外國，外洋）

国
（國土；故鄉）

荷物
（行李，貨物）

模擬考題

一、文字、語彙問題

もんだい1＿＿の ことばは ひらがな、カタカナや かんじで どう かきますか。
1・2・3・4から いちばん いいものを ひとつ えらんで ください。

① らいねんの なつやすみは 外国へ いきます。
　　1　かいごくう　　　　2　がいこく　　　　3　がいごく　　　　4　かいこく

② わたしは、じぶんの 国で にほんごを べんきょう しました。
　　1　こく　　　　　　　2　くち　　　　　　3　ぐに　　　　　　4　くに

③ しゃしんを とりましょうか。
　　1　取　　　　　　　　2　拍　　　　　　　3　撮　　　　　　　4　摂

④ ともだちと カラオケで うたを うたいます。
　　1　劇　　　　　　　　2　歌　　　　　　　3　可　　　　　　　4　哥

⑤ おとうとの しゅみは ふるい れこーどを あつめる ことです。
　　1　ルコード　　　　　2　レユード　　　　3　レコード　　　　4　レロード

⑥ ふぃるむを かうのを わすれました。
　　1　フィレム　　　　　2　ラィルム　　　　3　フィレム　　　　4　フィルム

もんだい2 （　　　）に なにを いれますか。1・2・3・4から いちばん いいもの
を ひとつ えらんで ください。

① （　　　）を きくのが すきです。
　　1　しんぶん　　　　　2　こうちゃ　　　　3　おんがく　　　　4　おはし

② りょこうちゅう みんなで （　　　）を たくさん とりました。
　　1　はがき　　　　　　2　てがみ　　　　　3　しゃしん　　　　4　ポスト

二、文法問題

もんだい1 （　　　）に 何を 入れますか。1・2・3・4から いちばん いいものを
一つ えらんで ください。

① 中川「山田さんは やすみの ひ いつも 何を しますか。」
　　山田「せんたくを （　　　） そうじを （　　　） します。」

　　1　しながら／しながら　　　　2　したあとで／したあとで
　　3　したり／したり　　　　　　4　してから／してから

② A「あかい　かばんと　あおい　かばんが　あります。どちらが　いいですか。」
　 B「あかい　（　　　）　が　いいです。」

　　1　に　　　　　　　　2　の　　　　　　　　3　で　　　　　　　4　と

③ 雪（　　　）　でんしゃが　とまりました。

　　1　は　　　　　　　　2　を　　　　　　　　3　で　　　　　　　4　と

④ 田中「山田さん。バスていまで　いっしょに　（　　　）ましょう。」
　 山田「そうしましょう。」

　　1　行って　　　　　　2　行き　　　　　　3　行った　　　　　4　行く

⑤ 日本では　ごはん　を　（　　　）　とき　はし　を　つかいます。
　　1　食べる　　　　　　2　食べた　　　　　3　食べて　　　　　4　食べ

⑥ 山田「ジョンさんは　どんな　りょうり（　　　）　すきですか。」
　 ジョン「わたしは　すし（　　　）　すきです。」

　　1　は／は　　　　　　2　を／を　　　　　3　が／が　　　　　4　で／で

もんだい２　＿＿★＿＿に　入る　ものは　どれですか。１・２・３・４から　いちばん
いいものを　一つ　えらんで　ください。

① 田中「この　しゃしんは　とても　きれいですね。」
　 山田「これは　きょねん　わたしが　アメリカ　＿＿＿＿　＿＿＿＿　＿★＿＿　＿＿＿＿
　　　　とった　しゃしん　です。」

　　1　いった　　　　　2　へ　　　　　3　とき　　　　4　に

② 山田「田中さん。この　カメラは　どうですか。」
　 田中「これは　使うのが　難しいですね。＿＿＿＿　＿＿＿＿　＿★＿＿　＿＿＿＿　いいです。」

　　1　の　　　　　　　2　べんりな　　　　　3　が　　　　4　もっと

14 令人食指大動的
日本料理

看圖記單字
絵を見て覚えよう

▶ **T 14.1** 聽聽看！再大聲唸出來

1 すし／壽司
2 てんぷら／天婦羅
3 カツ丼／炸豬排蓋飯
4 おでん／關東煮
5 うな重／鰻魚飯
6 しゃぶしゃぶ／涮涮鍋
7 すき焼き／壽喜燒
8 うどん／烏龍麵

9 ラーメン／拉麵
10 そば／蕎麥麵
11 牛丼／牛丼
12 親子丼／親子雞肉蓋飯
13 おにぎり／飯糰
14 みそ汁／味噌湯
15 焼き鳥／烤雞串

文法重點提要

□ [名詞] か [名詞] （選択）　　□ [名詞／副詞／数詞] しか
□ どのぐらい／どれぐらい　　　□ [材料] で [動詞]
□ [数詞] ぐらい／くらい　　　　□ まだ＋肯定
□ [副詞／数詞] ずつ　　　　　　□ [名詞] の（名詞修飾語）
□ [数詞] も　　　　　　　　　　□ [動詞] [名詞]（連体修飾）
□ ばかり

靈活應用
応用編

▶ T 14.2　怎麼和日本人聊飲食習慣呢？跟同伴練習下面的對話吧！

A：塚本さんは、いつも　朝ご飯に　何を　食べますか。

　　塚本先生早餐通常吃什麼呢？

B：ご飯か　おかゆ、それと　みそ汁に　おかずです。

　　白飯或是稀飯，以及味噌湯和配菜。

A：おかずは　どのぐらい　食べますか。

　　通常吃幾種配菜呢？

B：5品ぐらいです。いろいろな　おかずを　少しずつ　食べます。

　　五種左右。各種配菜都吃一點點。

A：5品も？　たくさん　食べますね。毎朝　和食ばかりですか。

　　吃到五種？吃得真多呀。每天早上都是吃日式早餐嗎？

B：はい、朝は　和食しか　食べません。林さんは。

　　對，我早上只吃日式早餐。林小姐呢？

A：私は　饅頭を　よく　食べます。

　　我常常吃饅頭。

B：饅頭？　それは　何ですか。

　　饅頭？那是什麼？

A：中国の　蒸しパンです。小麦粉で　作ります。日本に　5年いますが、朝ご飯は

　　まだ　中国式です。

　　中國式的蒸麵包，用麵粉做的。我在日本待五年了，但是早餐還是吃中國式的。

B：そうですか。私は　まだ　饅頭を　食べたことが　ありません。

　　這樣啊。我還沒吃過饅頭。

A：饅頭は　おいしいですよ。

　　饅頭很好吃唷。

B：妻の　作る　朝ご飯も　おいしいですよ。

　　我太太做的早餐也很好吃。

文法重點說明

1 ご飯か おかゆ、それと みそ汁に おかずです。（白飯或是稀飯，以及味噌湯和配菜。）

「［名詞］か［名詞］」表示在幾個當中，任選其中一個。可譯作「或者…」。

ビールか お酒を 飲みます。（喝啤酒或是清酒。）

ペンか 鉛筆で 書きます。（用原子筆或鉛筆寫。）

2 おかずは どのぐらい 食べますか。（通常吃幾種配菜呢？）

「どのぐらい／どれぐらい」表示「多久」之意。但是也可以視句子的內容，翻譯成「多少、多少錢、多長、多遠」等。

飛行機で どれぐらい かかりますか。（搭飛機要花多少錢呢？）

春休みは どのぐらい ありますか。（春假有多長呢？）

3 5品ぐらいです。（五種左右。）

「［数詞］ぐらい／くらい」表示數量上的推測、估計。一般用在無法預估正確的數量，或是數量不明確的時候。可譯作「大約」、「左右」、「上下」。

トマトを 3つぐらい 食べました。（吃了大約三個蕃茄。）

お皿は 10枚ぐらい あります。（盤子約有 10 個左右。）

4 いろいろな おかずを 少しずつ 食べます。（各種配菜都吃一點點。）

「［副詞／数詞］ずつ」接在數量詞後面，表示平均分配的數量。可譯作「每」、「各」。

みんなで 100円ずつ 出します。（大家各出 100 日圓。）

お菓子は 1人 1個ずつです。（點心一人一個。）

5 5品も？（吃到五種？）

「［数詞］も」前面接數量詞，表示數量比一般想像的還多，有強調多的作用。含有意外的語意。可譯作：「竟」、「也」。

ご飯を 3杯も 食べました。（飯吃了 3 碗之多。）

ビールを 10本も 飲みました。（竟喝了 10 罐之多的啤酒。）

6 毎朝　和食ばかりですか。（每天早上都是吃日式早餐嗎？）

「ばかり」（淨…、光…、老…）表示數量、次數非常的多，有時候說話人對這件事有負面評價的。

彼は　漫画ばかり　読みます。（他老看漫畫。）
弟は　コーラばかり　飲みます。（弟弟光是喝可樂。）

7 朝は　和食しか　食べません。（我早上只吃日式早餐。）

「[名詞／副詞／数詞]しか」下接否定，表示限定。一般帶有因不足而感到可惜、後悔或困擾的心情。可譯作「只」、「僅僅」。

お弁当は　1つしか　買いませんでした。（僅僅買了一個便當而已。）
手紙を　半分しか　読んで　いません。（信只看了一半而已。）

8 小麦粉で　作ります。（用麵粉做的。）

「[材料]で[動詞]」製作什麼東西時，使用的材料。可譯作「用…」。

この　料理は　肉と　野菜で　作りました。（這道料理是用肉及蔬菜做成的。）
この　酒は　何で　作りますか。（這酒是什麼做的？）

9 日本に　5年いますが、朝ご飯は　まだ　中国式です。（我在日本待五年了，但是早餐還是吃中國式的。）

「まだ＋肯定」表示同樣的狀態，從過去到現在一直持續著。可譯作「還…」。也表示還留有某些時間或東西。可譯作「還有…」。

まだ　時間が　あります。（還有時間。）
空は　まだ　明るいです。（天色還很亮。）

10 私は　まだ　饅頭を　食べたことが　ありません。（我還沒吃過饅頭。）

「まだ[動詞]ません」表示預定的事情或狀態，到現在都還沒進行，或沒有完成。可譯作「還（沒有）…」。

まだ　どんな　人か　しりません。（還不知道是什麼樣的人？）
まだ、何も　食べません。（什麼都還沒吃。）

11 妻の　作る　朝ご飯も　おいしいですよ。（我太太做的早餐也很好吃。）

「［名詞］の（名詞修飾語）」在「妻が　作る　朝ご飯」這種修飾名詞（「朝ご飯」）句節裡，可以用「の」代替「が」，成為「妻の　作る　朝ご飯」。那是因為這種修飾名詞的句節中的「の」，跟「妻の　朝ご飯」中的「の」有著類似的性質。

友達の　撮った　写真です。（這是朋友照的相片。）
あれは　兄の　描いた　絵です。（那是哥哥畫的畫。）

原句中的「作る　朝ご飯」為「［動詞］［名詞］」，其中動詞的普通形，可以直接修飾名詞。

食べた　人は　手を　あげて　ください。（有吃的人請舉手。）
来週　休む　人は　誰ですか。（誰下禮拜請假不來？）

▶ **T 14.3** 請跟著MP3一起朗誦下列單字，學習世界各地代表性早餐的日語。接著再重播 MP3，把聽到的單字依序填入其所對應的照片吧！

用日語說說世界各地的美味早餐

		自己查查看，還有哪些單字？
① ご飯／飯	⑦ 紅茶／紅茶	
② おかゆ／粥	⑧ パン／麵包	
③ コーヒー／咖啡	⑨ みそ汁／味噌湯	
④ ケーキ／蛋糕	⑩ 魚／魚	
⑤ 卵／蛋	⑪ つけ物／醬菜	
⑥ ベーコン／培根	⑫ ピーナッツ／花生	

ア　イ　ウ　エ　カ　オ　キ　ク　ケ　コ　サ　シ

▶▶ 答案詳見P142

對話練習
話してみよう

▶ T 14.4　今天早上吃什麼早餐呢？先好好練習下面的說法。

A：今朝は　何を　食べましたか。
今天早上吃什麼呢？

B：ご飯と　みそ汁、それから　納豆と卵焼きを　少しずつ　食べました。
飯跟味噌湯，還吃了一些納豆跟玉子燒。

A：お茶も　飲みましたか。
也喝了茶嗎？

B：はい、飲みました。
是的，喝了。

いいにおいですね。
好香喔。

搜集水果的單字

① _____

② _____

③ _____

④ _____

⑤ _____

⑥ _____

還有哪些好吃的
料理呢？

① _____

② _____

③ _____

④ _____

⑤ _____

⑥ _____

⑦ _____

對話練習
話してみよう

▶ **T 14.5** 印度的阿里小姐平常三餐都吃什麼呢？我們來聽聽看。

A：アリさんは、いつも　朝ご飯に　何を　食べますか。

阿里小姐，平常早餐都吃什麼？

B：ええとね、朝は　いつも　野菜カレーか　お豆の　カレーと
インド紅茶です。それから、果物です。

嗯，早上平常都吃蔬菜咖哩或季豆咖哩，跟印度紅茶。
還有，吃水果。

A：昼ご飯と　晩ご飯は。

午餐跟晚餐呢？

B：昼ご飯は　チキンカレーで、晩ご飯は
マトンカレーです。

午餐是雞肉咖哩，晚餐是羊肉咖哩。

A：あれ、カレーばっかりですね。

哇！都是咖哩啊！

B：ええ、カレーは　おいしいですよ。たくさんの　スパイスで
作ります。

沒錯，咖哩很好吃喔！是靠很多辣調味作成的。

A：たくさんとは、どの　ぐらいですか。

很多是多少呢？

B：10種類ぐらいです。

大約有十種吧。

▶ 參考上面的對話，跟同伴說說其他國家，三餐都吃些什麼？

對話練習
話してみよう

▶ T 14.6 這些日本點心，看起來好吃極了！找自己喜歡吃的，參考下面的
說法，跟同伴練習。

A：いつも　どんな　お菓子を　食べますか。
你平常都吃什麼點心？

B：おはぎです。あなたは。
豆沙糯米糰。你呢？

A：お煎餅です。
仙貝。

B：今日の　おやつは　近所の　人の　くれた
どら焼きしか　ありません。
今天的點心只有鄰居送的銅鑼燒。

A：どら焼きも　好きです。いただきます。……。
ああ、おいしいですね。3個も　食べまし
た。ごちそうさまでした。
我也喜歡吃銅鑼燒。那我就不客氣吃囉。
……。啊！真好吃。還吃了三個呢！我吃飽
了。

B：私は　まだ　1個しか　食べていません。残
りは　全部　私のです。
我只吃了一個呢。那剩下的都是我的。

⑤ お煎餅／仙貝

⑥ どら焼き／銅鑼燒

① おはぎ／豆沙糯米糰

注解：「おはぎ」的「お」是其單字的一部份，
不像「お煎餅」、「おたんご」、「おもち」
前面的「お」可省略，但講到「おしるこ」，
通常會保留前面的「お」。

② おだんご／糯米丸子

③ おもち／麻糬

④ おしるこ
／（加麻糬、湯圓等）紅豆湯

▶ 請閱讀以下短文，試著回答下列問題。

閱讀

　　まだ　5月ですが、昨日アイスクリームの　大食い競争に　出ました。北海道の　牛乳で　作った　アイスクリームです。私は　４７個も　食べました。それで、1位でした。2位の　人は、３９個しか　食べませんでした。賞品は　アイスクリーム３６５個、1年分です。これから　毎日　1個ずつ　食べます。

1 この　人は　昨日　何を　しましたか。

❶ アイスクリームを　食べました。　❷ アイスクリームを　作りました。

❸ アイスクリームを　買いました。　❹ 北海道に　行きました。

2 ただしい　文は　どれですか。

❶ この　人は　北海道で　アイスクリームを　４７個　食べました。

❷ この　人は　大食い競争で　アイスクリームを　４７個　食べました。

❸ この　人は　北海道で　アイスクリームを　３６５個　食べました。

❹ この　人は　大食い競争で　アイスクリームを　３６５個　食べました。

翻譯　**解答**

　　雖然現在還是五月，但我昨天參加了吃冰淇淋的大胃王比賽。那是用北海道的牛奶製成的冰淇淋。我總共吃了多達47個，所以得到了冠軍。第二名的人只吃了39個。獎品是365個的冰淇淋，也就是一年份。從現在開始，我會每天吃一個。

1 這個人昨天做了什麼？

❶ 吃了冰淇淋。　❷ 作了冰淇淋。　❸ 買了冰淇淋。　❹ 去了北海道。

2 哪一個是正確的句子？

❶ 這個人在北海道吃了47個冰淇淋。

❷ 這個人在大胃王比賽上吃了47個冰淇淋。

❸ 這個人在北海道吃了365個冰淇淋。

❹ 這個人在大胃王比賽上吃了365個冰淇淋。

答案：1．1　2．2

N5單字總整理！

剛上完一課，快來進行單字總復習！
在日檢考試前，幫您做好萬全準備！

食物

ご飯
（米飯；飯食）

朝御飯
（早餐）

昼ご飯
（午餐）

晩ご飯
（晩餐）

夕飯
（晩飯）

食べ物
（食物）

飲み物
（飲料）

お弁当
（便當）

お菓子
（點心，糕點）

料理
（菜餚；做菜）

食堂
（食堂，餐廳，飯館）

買い物
（購物）

パーティー【party】
（宴會，舞會）

模 擬 考 題

もんだい1 ___の ことばは ひらがな、カタカナや かんじで どう かきますか。
1・2・3・4から いちばん いいものを ひとつ えらんで ください。

① いっしょに 昼ご飯を たべに いきませんか。
　　1　ひるごはん　　2　ひるごやん　　3　ひるごほん　　4　ひろごはん

② おいしい　日本料理屋さんが　2かいに　あります。
　　1　りょうり　　2　りょり　　3　りょおり　　4　りょうれ

③ どようびは　がっこうで　おべんとうを　たべます。
　　1　果物　　　　2　夕飯　　　　3　弁当　　　　4　菓子

もんだい2 （　　　）に　なにを　いれますか。1・2・3・4から　いちばん　いいものを
ひとつ　えらんで　ください。

① さとうさんの　たんじょうびの（　　　）　で　うたを　うたいました。
　　1　レコード　　2　アパート　　3　パーティー　4　テープ

② レストランでは　どんな　（　　　）を　たべましたか。
　　1　ひと　　　　2　こと　　　　3　もの　　　　4　とき

もんだい3 _____の　ぶんと　だいたい　おなじ　いみの　ぶんが　あります。1・2・
3・4から　いちばん　いいものを　ひとつ　えらんで　ください。

① この　しょくどうは　まずいです。
　　1　ここの　りょうりは　おいしいです。
　　2　ここの　りょうりは　やすいです。
　　3　ここの　りょうりは　おいしく　ありません。
　　4　ここの　りょうりは　やすく　ありません。

② おととい　デパートに　いきました。
　　1　りょうりを　つくりました。　　2　スポーツを　しました。
　　3　ほんを　かえしました。　　　　4　かいものを　しました。

模　擬　考　題

もんだい1　（　　　）に　何を　入れますか。1・2・3・4から　いちばん　いいもの
を　一つ　えらんで　ください。

① 大川「リンさんは　（　　　　）ぐらい　日本語を　ならいましたか。」
　　リン「3ねんぐらい　ならいました。」

　　1　どれ　　　　　　　2　どこ　　　　　　　3　どんな　　　　　4　どう

② 山田「田中さん（　　　）　とった　しゃしんは　どれですか。」
　　田中「これと　これです。」

　　1　で　　　　　　　　2　の　　　　　　　　3　て　　　　　　　4　は

③ A「その　本は　何ですか。」
　　B「きのう　としょかんで　（　　　）　本です。」

　　1　かりる　　　　　　　2　かりている　　　　3　かりた　　　　　4　かりて

④ A「ここに　おかしが　みっつ　あります。1人　ひとつ（　　　）食べましょう。」
　　B「ありがとう　ございます。」

　　1　ぐらい　　　　　　　2　など　　　　　　　3　ずつ　　　　　　4　ごろ

⑤ A「くろ（　　　）　あおの　ボールペンは　ありませんか。」
　　B「ありますよ。どうぞ」

　　1　で　　　　　　　　2　が　　　　　　　　3　の　　　　　　　4　か

⑥ いま　さいふの　なかには　おかねが　100円（　　　）　ありません。
　　1　ずつ　　　　　　　2　ぐらい　　　　　　3　しか　　　　　　4　など

⑦ 田中「雨は　まだ　やみませんか。」
　　山田「やみましたが、（　　　）。」

　　1　はれました　　　　　　　　2　空は　まだ　明るいです
　　3　くもりました　　　　　　　4　空は　まだ　曇りばかりです

⑧ A「ゆうべは　ビールを　10ぽん（　　　）飲みました。」
　　B「わたしは　12ほんですよ。」

　　1　を　　　　　　　　2　が　　　　　　　　3　も　　　　　　　　4　で

⑨ うちから　会社まで　電車で　30分（　　　）です。
　　1　など　　　　　　　2　ごろ　　　　　　　3　しか　　　　　　　4　ぐらい

⑩ A「この　おかしは　たまごと　ぎゅうにゅう（　　　）　作りました。
　　　ひとつ　どうですか。」

　　B「ありがとう　ございます。とても　おいしいです。」

　　1　が　　　　　　　　2　に　　　　　　　　3　で　　　　　　　　4　を

もんだい2　＿＿★＿＿に　入る　ものは　どれですか。1・2・3・4から　いちばん　い
いものを　一つ　えらんで　ください。

① 田中「ジョンさんは　かんじが　どれぐらい　わかりますか。」
　　ジョン「＿＿＿＿　＿＿＿＿　＿★＿＿　＿＿＿＿　わかりません。」

　　1　しか　　　　　　　2　まだ　　　　　　　3　かんじ　　　　　　4　かんたんな

② 上田「＿＿＿＿　＿＿＿＿　＿★＿＿　＿＿＿＿　やまへ　あそびに　いきませんか。」
　　大山「いいですね。わたしは　うみが　いいです。」

　　1　か　　　　　　　　2　うみ　　　　　　　3　なつやすみ　　　　4　に

③ 高橋「これが　＿＿＿＿　＿＿＿＿　＿★＿＿　＿＿＿＿　ですか。とても　上手ですね。」
　　上野「ありがとう　ございます。」

　　1　の　　　　　　　　2　上野　　　　　　　3　絵　　　　　　　　4　描いた

神準！從星座看個性

今月の　運勢は　どうですか。

看圖記單字
絵を見て覚えよう

▶ **T 15.1** 聽聽看！再大聲唸出來

1 牡羊座（おひつじざ）／牡羊座	**5** 獅子座（ししざ）／獅子座	**9** 射手座（いてざ）／射手座
2 牡牛座（おうしざ）／金牛座	**6** 乙女座（おとめざ）／處女座	**10** 山羊座（やぎざ）／魔羯座
3 双子座（ふたござ）／雙子座	**7** 天秤座（てんびんざ）／天秤座	**11** 水瓶座（みずがめざ）／水瓶座
4 蟹座（かにざ）／巨蟹座	**8** 蠍座（さそりざ）／天蠍座	**12** 魚座（うおざ）／雙魚座

文法重點提要

□ [い形容詞] く [動詞]
□ [い形容詞] くなります
　／ [名詞／な形容詞] になります
□ [い形容詞] くします
　／ [名詞／な形容詞] にします
□ [文章] と言います
　／ [普通形] と言います
□ [文章] ので（原因）
□ [名詞] と同じ
□ [な形容詞] に [動詞]

【靈活應用】
応用編

▶ T 15.2　理香對星座占卜非常有興趣，三不五時就會給人家算一下。不過這次找占卜老師，卻意外發現…

A：私は　3月 10日生まれ、魚座です。今月の　運勢はどうですか。

　我是 3 月 10 日出生的雙魚座。請問這個月的運勢如何？

B：このごろ、髪を　茶色く　染めましたね。

　妳最近把頭髮染成了褐色吧？

A：はい。

　對。

B：それで　運が　悪く　なりました。

　難怪運氣變差了。

A：でも、先生は　前回、茶色い　髪が運を　よく　すると　言いましたので、染めました。

　可是，老師上次説過，褐色的頭髮會讓運氣變好，所以我才去染了。

B：染めたのは　よくありません。脱色で茶色く　するのが　よいです。

　用染色的方式不好，應該要用漂白的方式，讓頭髮變成褐色。

A：あの、先生。前々回は　パーマを　かけるのが　よいと　言いました。

　老師，不好意思。您上上次還説了，要燙髮比較好。

B：それが　どうか　しましたか。

　有什麼問題嗎？

A：先生は、美容院の　人でしょう。先生の占いは　詐欺と　同じです。まじめに聞いた　私が　ばかでした。

　老師是髮廊的人吧？老師的占星術根本就是詐欺！我真笨，竟然一開始就相信你！

文法重點說明

1 このごろ、髪を 茶色く 染めましたね。（妳最近把頭髮染成了褐色吧？）

「[い形容詞] く [動詞]」形容詞詞尾「い」改成「く」，可以修飾句子裡的動詞。

今日は 早く 寝ます。（今天我要早點睡。）

りんごを 小さく 切ります。（將蘋果切成小丁。）

「[な形容詞] に [動詞]」な形容詞詞尾「だ」改成「に」，可以修飾句子裡的動詞。

あの 子は 上手に 歌います。（那孩子歌唱得很好。）

部屋を きれいに 掃除しました。（把房間打掃乾淨了。）

2 それで 運が 悪くなりました。（難怪運氣變差了。）

「[い形容詞] くなります / [名詞／な形容詞] になります」。表示事物的變化。同樣可以看做一對的還有自動詞「なります」和他動詞「します」。它們的差別在，「なります」的變化不是人為有意圖性的，是在無意識中物體本身產生的自然變化；「します」表示人為的有意圖性的施加作用，而產生變化。い形容詞後面接「なります」，要把詞尾的「い」變成「く」。

午後は 暑く なりました。（下午變熱了。）

「[な形容詞に] なります」表示事物的變化。な形容詞後面接「なります」，要把語尾的「だ」變成「に」。

体が 丈夫に なりました。（身體變強壯了。）

彼女は 最近 きれいに なりました。（她最近變漂亮了。）

「[名詞] になります」表示事物的變化。名詞後面接「なります」，要先接「に」再加上「なります」。

もう 夏に なりました。（已經是夏天了。）

そこの 夏は、40度に なりました。（那裡的夏天，溫度高達了40度。）

3 先生は 前回、茶色い 髪が 運を よくすると 言いましたので、染めました。（老師上次説過，褐色的頭髮會讓運氣變好，所以我才去染了。）

「[い形容詞] くします / [名詞／な形容詞] にします」。表示事物的變化。跟「なります」比較，「なります」的變化不是人為有意圖性的，是在無意識中物體本

身產生的自然變化；而「します」是表示人為的有意圖性的施加作用，而產生變化。形容詞後面接「します」，要把詞尾的「い」變成「く」。

壁を　白く　します。（把牆壁弄白。）

部屋を　暖かく　しました。（房間弄暖和。）

「[名詞] にします」表示事物的變化。名詞後面接「します」，要先接「に」再接「します」。

子供を　医者に　します。（我要讓孩子當醫生。）

バナナを　半分に　しました。（我把香蕉分成一半了。）

「[な形容詞] にします」表示事物的變化。な形容詞後面接「します」，要把詞尾的「だ」變成「に」。

音楽を　流して、賑やかに　します。（放音樂讓氣氛變熱鬧。）

運動して、体を　丈夫に　します。（去運動讓身體變強壯。）

「[文章] と言います / [普通形] と言います」。「と」接在某人說的話，或寫的事物後面，表示說了什麼、寫了什麼。

子供が　「遊びたい」と　言って　います。（小孩説：「想出去玩」。）

手紙には　来月　国に　帰ると　書いて　あります。

（信上寫著下個月要回國。）

「[文章] ので」表示原因、理由。前句是原因，後句是因此而發生的事。是比較委婉的表達方式。一般用在客觀的自然的因果關係，所以也容易推測出結果。可譯作「因為…」。

疲れたので、早く　寝ます。（因為很累了，我要早點睡。）

雨なので、家に　います。（因為下雨，留在家裡。）

先生の　占いは　詐欺と　同じです。（老師的占星術根本就是詐欺！）

「[名詞] と同じ」表示後項和前項是同樣的人事物。可譯作「和…一樣的」、「和…相同的」。

わたしは　陽子さんと　同じ　クラスです。（我和陽子同班。）

これと　同じ　ラジカセを　持って　います。（我有和這台一樣的收音機。）

お誕生日はいつですか。
たんじょうび
你生日是什麼時候呢？

(聽力練習ア)
聞き取り練習

▶ **T 15.3** 聽聽MP3，每一組唸的是哪一個呢？請在圈圈內打勾。

1	○ **1388**	○ **1487**		4	○ **1952**	○ **1925**
2	○ **1626**	○ **1826**		5	○ **2005**	○ **2010**
3	○ **1880**	○ **1818**		6	○ **2151**	○ **2161**

▶▶ 答案詳見P142

(聽力練習イ)
聞き取り練習

▶ **T 15.4** 區公所的人在問出生年月日，請把您聽到的，依序填入空欄裡。

▶▶ 答案詳見P142

A：林さん、生年月日を　お願いします。
りん　　　せいねんがっぴ　　　　ねが

林先生，麻煩給我出生年月日。

B：１９７８年５月８日です。
せん／きゅうひゃく／ななじゅう／はち ねん ご がつ よう か

1978 年 5 月 8 日。

受付表	
名前／姓 なまえ	生年月日／生日 せいねんがっぴ
林 りん	1987／5／8

牡羊座／牡羊座
3/21~4/19
外向的（な）、短気（な）
外向的，急性子

牡牛座／金牛座
4/20~5/20
誠実（な）、頑固（な）
誠實，頑固的

双子座／雙子座
5/21~6/21
おもしろい、個性的（な）
風趣，特立獨行的

蟹座／巨蟹座
6/22~7/22
やさしい、のんびり屋
溫柔，無拘無束

獅子座／獅子座
7/23~8/22
明るい、真面目（な）
開朗，認真的

乙女座／處女座
8/23~9/22
勤勉（な）、完璧主義
勤勞的，完美主義

天秤座／天秤座
9/23~10/23
親切（な）、おしゃべり好き
親切的，喜歡說話

蠍座／天蠍座
10/24~11/21
おもしろい、おとなしい
有趣，溫順的

射手座／射手座
11/22~12/21
誠実（な）、外向的（な）
誠實，外向的

山羊座／摩羯座
12/22~1/19
勤勉（な）、野心的（な）
勤勞，具野心的

水瓶座／水瓶座
1/20~2/18
親切（な）、しっかり者
親切的，可靠

魚座／雙魚座
2/19~3/20
やさしい、個性的（な）
溫柔，特立獨行的

▶ T 15.5 參考對話1，然後跟同伴練習2到4。最後一句日文紅字請自由發揮吧！

1

9／1
乙女座（おとめざ）／勤勉（きんべん）（な）
（處女座／勤勞的）

A：お誕生日（たんじょうび）は　いつですか。
你生日是什麼時候？

B：9月1日（くがつついたち）です。
9月1日。

A：星座（せいざ）は　何座（なにざ）ですか。
什麼星座呢？

B：乙女座（おとめざ）です。
處女座。

A：乙女座（おとめざ）は　どんな　性格（せいかく）ですか。
處女座是什麼樣的個性？

B：勤勉（きんべん）な　人（ひと）が　多（おお）いです。
多半都很勤勞。

A：勤勉（きんべん）な　人（ひと）は、偉（えら）く　なりますよ。
勤勞的人會成為偉大的人喔。

乙女座（おとめざ）

2

3／4
魚座（うおざ）／やさしい
（雙魚座／溫柔的）

3

8／19
獅子座（ししざ）／明（あか）るい
（獅子座／開朗的）

4

11／24
射手座（いてざ）／誠実（せいじつ）（な）
（射手座／誠實的）

Note

▶▶ 其它參考對話詳見P142

▶ 好好表現一下囉！自己是什麼星座呢？參考以上對話，跟同伴練習對話。

說說自己
自分の事を話してみよう

▶ **T 15.6** 怎麼說自己呢？參考圖1的說法，練習圖2到4。最後一句日文紅字請自由發揮吧！

A：<ruby>私<rt>わたし</rt></ruby>は　もうすぐ　<ruby>４２歳<rt>よんじゅうにさい</rt></ruby>です。<ruby>誕生日<rt>たんじょうび</rt></ruby>は　<ruby>来週<rt>らいしゅう</rt></ruby>の　<ruby>4月3日<rt>しがつみっか</rt></ruby>です。<ruby>性格<rt>せいかく</rt></ruby>は　<ruby>少<rt>すこ</rt></ruby>し　<ruby>短気<rt>たんき</rt></ruby>です。<ruby>音楽<rt>おんがく</rt></ruby>と　スポーツが　<ruby>好<rt>す</rt></ruby>きです。<ruby>音楽<rt>おんがく</rt></ruby>が　<ruby>好<rt>す</rt></ruby>きなのは、<ruby>父<rt>ちち</rt></ruby>と　<ruby>同<rt>おな</rt></ruby>じです。スポーツが　<ruby>好<rt>す</rt></ruby>きなのは、<ruby>母<rt>はは</rt></ruby>と　<ruby>同<rt>おな</rt></ruby>じです。

我快42歲了。生日是下禮拜的4月3日。性格有些急躁。我喜歡音樂和運動。喜歡音樂這點跟爸爸一樣，喜歡運動這點則跟媽媽一樣。

盛岡太郎 ── デザイン

phone/+81-3-5414-6443
fax/+81-3-3-5414-6444
email/ mmorioka@tohokudesign.co.jp
http://www.tohokudesign.co.jp

① <ruby>４２歳<rt>よんじゅうにさい</rt></ruby>／<ruby>来週<rt>らいしゅう</rt></ruby>の　<ruby>4月3日<rt>しがつみっか</rt></ruby>／
（42歲／下禮拜的4月3號）

<ruby>少<rt>すこ</rt></ruby>し　<ruby>短気<rt>たんき</rt></ruby>／<ruby>音楽<rt>おんがく</rt></ruby>と　スポーツ
（有些急躁／音樂和運動）

佐藤美奈子

phone/+81-3-5314-1443
fax/+81-3-3-5314-1444
email/ mmorioka@tohokudesign.co.jp
http://www.tohokudesign.co.jp

② <ruby>２５歳<rt>にじゅうごさい</rt></ruby>／<ruby>来月<rt>らいげつ</rt></ruby>の　<ruby>8月8日<rt>はちがつようか</rt></ruby>／
（25歲／下個月的8月8號）

<ruby>明<rt>あか</rt></ruby>るい／<ruby>登山<rt>とざん</rt></ruby>と　カラオケ
（開朗的／爬山和唱卡拉OK）

田中麻美　Flo technolog

phone/+81-3-7414-6443
fax/+81-3-3-7414-6444
email/ mmorioka@tohokudesign.co.jp
http://www.tohokudesign.co.jp

③ <ruby>30歳<rt>さんじゅっさい</rt></ruby>／あさっての　<ruby>10月30日<rt>じゅうがつさんじゅうにち</rt></ruby>／
（30歲／後天的10月30號）

おとなしい／<ruby>読書<rt>どくしょ</rt></ruby>と　<ruby>映画<rt>えいが</rt></ruby>
（溫順的／閱讀和電影）

NKDL

高橋

phone/+81-3-5492-6443
fax/+81-3-3-5492-6444
email/ mmorioka@tohokudesign.co.jp
http://www.tohokudesign.co.jp

④ <ruby>20歳<rt>はたち</rt></ruby>／<ruby>来週<rt>らいしゅう</rt></ruby>の　<ruby>7月10日<rt>しちがつとおか</rt></ruby>／
（20歲／下禮拜的7月10日）

<ruby>少<rt>すこ</rt></ruby>し　のんびり<ruby>屋<rt>や</rt></ruby>／<ruby>釣<rt>つ</rt></ruby>りと　<ruby>絵<rt>え</rt></ruby>
（有些無拘無束／釣魚和繪畫）

▶▶ 其它參考對話詳見P143

▶ 請閱讀以下短文，試著回答下列問題。

閲讀

　　私は　麗華と　言います。美人なのは、名前と　同じです。みんな　きれいに　なる秘訣を　聞きますので、教えましょう。毎日運動します。スタイルが　よくなります。食事は、野菜を　多くします。朝は　早く　起きます。夜は　早く　寝ます。でも　一番の　秘訣は、生まれつきです。だから　皆さんには　無理ですよ。

1 麗華さんが　美人な　ことと　麗華さんの　名前には、どんな　関係が　ありますか。
- ❶ 麗華さんは、名前の　意味が　きれいなので　美人です。
- ❷ 麗華さんは　美人なので、名前の　意味も　きれいです。
- ❸ 麗華さんは　きれいです。名前の　意味も　きれいです。
- ❹ 麗華さんは　生まれつき　美人だったので、親が　名前を　麗華に　しました。

2 美人に　なる　一番の　秘訣は、何ですか。
- ❶ 毎日　運動すること
- ❷ 野菜を　たくさん　食べること
- ❸ 早寝早起きすること
- ❹ 生まれつき

翻譯　　**解答**

　　我叫麗華，是個美女，就跟名字一樣。大家都我問變漂亮的秘訣，所以現在來告訴大家吧！每天運動有助於身材變好，在飲食上要多吃蔬菜。早上要早起，晚上要早睡。但最重要的秘訣在於天生麗質，對大家來說實在太難達到囉！

───────────────────

1 麗華小姐是美女的這件事，跟麗華小姐的名字有什麼關聯呢？
- ❶ 麗華小姐因為名字有美麗的意思，所以是個美女。
- ❷ 因為麗華小姐是美女，所以名字也有美麗的意思。
- ❸ 麗華小姐是美女。名字也有美麗的意思。
- ❹ 因為麗華小姐生來就是美女，父母替她取了麗華這個名字。

2 以麗華小姐說的作為正確答案。要成為美女，最重要的秘訣是？
- ❶ 每天運動　❷吃很多蔬菜　❸ 早睡早起　❹ 天生麗質

答案：1 3，2 4

Lesson 15

N5單字總整理！

剛上完一課，快來進行單字總復習！在日檢考試前，幫您做好萬全準備！

學校

言葉
（語言，詞語）

英語
（英語，英文）

学校
（學校）

大学
（大學）

教室
（教室；研究室）

クラス【class】
（〈學校的〉班級）

授業
（上課，授課）

図書館
（圖書館）

ニュース【news】
（新聞，消息）

話
（說話，講話）

病気
（生病，疾病）

風邪
（感冒，傷風）

薬
（藥，藥品）

模擬考題

もんだい1＿＿の ことばは ひらがな、カタカナや かんじで どう かきますか。
1・2・3・4から いちばん いいものを ひとつ えらんで ください。

（1） いつも どう やって 学校に いきますか。
　1　かっこ　　　　　　2　がっこう　　　　3　がっこう　　　　4　がっこ

（2） いもうとは ことしから となりの 高校の としょかんで はたらきます。
　1　こっこう　　　　　2　こうこ　　　　　3こうこう　　　　4　ここう

（3） 教室の まどを きれいに します。
　1　きょしつ　　　　　2　きょうしゅつ　　3　きょうしつ　　　4　きようしつ

（4） これが わたしの あたらしい アパートの でんわ番号 です。
　1　ばんごう　　　　　2　ばんご　　　　　3　ぱんこう　　　　4　ぱんごう

（5） わたしの なまえは、漢字で、あすかです。
　1　がんじ　　　　　　2　かんじ　　　　　3　がんし　　　　　4　かつじ

（6） あの かたは たいわんからの 留学生です。
　1　りゆうがくせい　2　りゅがくせい　　3　りゅうがくせい　4　りゅうかくせ

（7） この しゅくだいは あさっての きんようびまでですよ。
　1　宿第　　　　　　　2　宿代　　　　　　3　宿題　　　　　　4　宿犬

（8） わたしの なまえを ゆうめいな スポーツせんしゅと おなじです。
　1　名前　　　　　　　2　呂前　　　　　　3　中前　　　　　　4　夕前

（9） せんせい、この ぶんの いみが わかりません。
　1　又　　　　　　　　2　攵　　　　　　　3　叉　　　　　　　4　文

（10） しんぶんで、その にゅうすを しりました。
　1　ンュース　　　　　2　ニョース　　　　3　ニューヌ　　　　4　ニュース

二、文法問題

もんだい1 （　　）に 何を 入れますか。1・2・3・4から いちばん いいもの
を 一つ えらんで ください。

1 A「今日は ゆうがたから さむく （　　）よ。」
B「じゃ、はやく いえに かえりましょう。」

1 です　　　　　　2 あります　　　　　3 なります　　　　　4 します

2 お客さんが 来るので、部屋と トイレを （　　）します。
1 きれい　　　　　2 きれいで　　　　　3 きれいな　　　　　4 きれいに

3 A「すみません。この しゃしん（　　）おなじ くつは ありませんか。」
B「ありますよ。こちらです。」

1 に　　　　　　　2 と　　　　　　　　3 の　　　　　　　　4 で

4 これは 兄に 借りました。（　　） 使います。
1 たいせつで　　2 たいせつに　　3 たいせつです　　4 たいせつな

5 きのう そうじを した（　　） へやは きれいです。
1 まで　　　　　　2 でも　　　　　　　3 ので　　　　　　　4 より

6 石田さんは 今日 8じに ここに くる（　　） いいました。
1 を　　　　　　　2 と　　　　　　　　3 が　　　　　　　　4 で

7 まいにち スポーツを しましょう。からだが （　　） なりますよ。
1 じょうぶ　　　　2 じょうぶで　　　　3 じょうぶな　　　　4 じょうぶに

8 にくを （　　） きります。
1 小さい　　　　　2 小さく　　　　　　3 小さくて　　4 小さいの

9 山田さんは 海の 絵を （　　） 描きました。
1 じょうず　　　　2 じょうずで　　　　3 じょうずな　　　　4 じょうずに

もんだい2 ＿＿★＿＿に 入る ものは どれですか。1・2・3・4から いちばん い
いものを 一つ えらんで ください。

1 A「夜に なりましたから、ラジオ ＿＿＿＿ ＿＿＿＿ ＿★＿ ＿＿＿＿ しましょう。」
B「そうですね。」

1 おと　　　　　　2 を　　　　　　　　3 ちいさく　　　　　4 の

2 A「きょうは ＿＿＿＿ ＿＿＿＿ ＿★＿ ＿＿＿＿ が、かさが ありませんでした。」
B「それは たいへんでしたね。」

1 あめ　　　　　　2 なりました　　　　3 ごごから　　　　　4 に

16 神人啟事－
那女孩是誰？
どんな 服を 着て いますか。

看圖記單字
絵を見て覚えよう

▶ **T 16.1** 聽聽看！再大聲唸出來

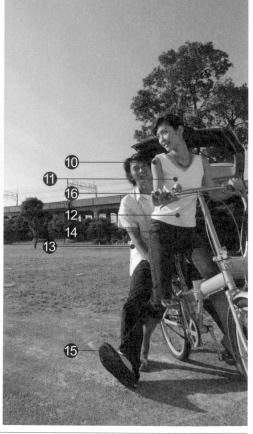

練習しよう

1 頭（あたま）／頭	**5** 眉（まゆ）／眉毛	**9** 首（くび）／脖子	**13** 腰（こし）／腰
2 髪の毛（かみのけ）／頭髮	**6** 耳（みみ）／耳朵	**10** 肩（かた）／肩膀	**14** お尻（しり）／屁股
3 額（ひたい）／額頭	**7** 鼻（はな）／鼻子	**11** 胸（むね）／胸部	**15** 足（あし）／腳
4 目（め）／眼睛	**8** 頬（ほほ）／臉頰	**12** おなか／肚子	**16** 手（て）／手

「頬」（臉頰）亦可讀作「ほお」。

54

文法重點提要

- □ [動詞て形]
- □ [動詞て形] います（進行）
- □ [動詞て形] います（習慣）
- □ [動詞て形] います（仕事）
- □ [動詞て形] います
  （結果／状態の持続）
- □ ～が [自動詞]
- □ [自動詞て形] います（状態＋…）
- □ 中（ちゅう）
- □ （対象（人）に
- □ ～を [他動詞]
- □ [他動詞て形] あります
  （状態＋目的）
- □ [動詞て形] ください

【靈活應用】
応用編

▶ T 16.2 爺爺不見了！全家人都非常著急，於是理香便急忙地騎單車出門找爺爺，去他可能會去的地方…。

A：どうしました。

　　發生什麼事了？

B：うちの　おじいちゃんを　探しています。

　　我在找我家的爺爺！

A：どんな　服を　着て　いますか。

　　他穿著什麼樣的服裝？

B：緑の　着物で、それから　頭が　はげて　います。

　　他穿綠色的衣服，還有，他有禿頭。

A：おいくつですか。

　　請問幾歲呢？

B：82歳です。

　　82歳。

A：携帯電話には　電話を　しましたか。

　　打過他的行動電話了嗎？

B：1回は　話し中でした。もう　1回は　留守電に　メッセージを　残してあります。

　　一次是在通話中，另一次是轉進語音信箱，我留言了。

A：ちょっと　待って　ください。この　おじいちゃんですか。

　　請等一下。是這位老爺爺嗎？

B：あ、おじいちゃん。よかった。

　　啊，爺爺！太好了！

うちの　おじいちゃんを　探しています。（我在找我家的爺爺！）

先看動詞「て」形的變化如下：

	辞書形	て形	辞書形	て形
一段動詞	みる おきる きる	みて おきて きて	たべる あげる ねる	たべて あげて ね
五段動詞	いう あう かう	いって あって かって	あそぶ よぶ とぶ	あそんで よんで とんで
	まつ たつ もつ	まって たって もって	のむ よむ すむ	のんで よんで すんで
	とる うる つくる	とって うって つくって	しぬ	しんで
	＊いく	いって	かく きく はたらく	かいて きいて はたらいて
	はなす かす だす	はなして かして だして	およぐ ぬぐ	およいで ぬいで
不規則動詞	する 勉強します	して 勉強して	くる	きて

説明：
1.一段動詞很簡單只要把結尾的「る」改成「て」就好了。
2.五段動詞以「う、つ、る」結尾的要發生「っ」促音便。以「む、ぶ、ぬ」結尾的要發生「ん」撥音便。以「く、ぐ」
　結尾的要發生「い」音便。以「す」結尾的要發生「し」音便。
3.＊例外

[動詞て形] 有下面幾種意思：

1.「[動詞て形] います」表示動作或事情的持續，也就是動作或事情正在進行中。

リーさんは　日本語を　習って　います。（李小姐在學日語。）

伊藤さんは　電話を　して　います。（伊藤先生在打電話。）

2.「[動詞て形] います」跟表示頻率的「毎日、いつも、よく、時々」等單詞使用，就有習慣做同一動作的意思。

毎日　6時に　起きて　います。（每天6點起床。）

彼女は　いつも　お金に　困って　います。（她總是為錢煩惱。）

3.「[動詞て形] います」接在職業名詞後面，表示現在在做什麼職業。也表示某一動作持續到現在，也就是說話的當時。

貿易会社で　働いて　います。（我在貿易公司上班。）

姉は　今年から　銀行に　勤めて　います。（姊姊今年起在銀行服務。）

4.「[動詞て形] います」也表示某一動作後的結果或狀態還持續到現在，也就是說話的當時。

クーラーが　ついて　います。（有開冷氣。）

窓が　閉まって　います。（窗戶是關著的。）

另外，「動詞て形」也單純的連接前後短句成一個句子，表示並舉了幾個動作或狀態。

新宿に　行って、映画を　見ます。（去新宿看電影。）

公園で　野球を　して、サッカーを　します。（去公園打棒球，踢足球。）

還有，「動詞て形」連接行為動作的短句時，表示這些行為動作一個接著一個，按照時間順序進行。除了最後一個動作以外，前面的動詞詞尾都要變成「て形」。

靴を　履いて　外に　出ます。（穿上鞋子後外出。）

お風呂に　入って　テレビを　見ます。（洗完澡再看電視。）

[自動詞] 與 [他動詞]

「が [自動詞]」動詞沒有目的語，用「…が…ます」這種形式的叫「自動詞」。「自動詞」是因為自然等等的力量，沒有人為的意圖而發生的動作。「自動詞」不需要有目的語 就可以表達一個完整的意思。相當於英語的「不及物動詞」。

火が　消えました。（火熄了。）

車が　止まりました。（車停了。）

「を［他動詞］」跟「自動詞」相對的，有動作的涉及對象，用「…を…ます」這種形式，名詞後面接「を」來表示動作的目的語，這樣的動詞叫「他動詞」。「他動詞」是人為的，有人抱著某個目的有意識地作某一動作。

私は　火を　消しました。（我把火弄熄了。）

彼は　車を　止めました。（他停了車。）

［自動詞］與［他動詞］的比較

他動詞		自動詞	
糸を　切る。 剪線。		糸が　切れる。 線斷了。	
火を　消す。 滅火。		火が　消える。 火熄了。	
ものを　落とす。 東西扔掉。		ものが　落ちる。 東西掉了。	
木を　倒す。 把樹弄倒。		木が　倒れる。 樹倒了。	
タクシーを　止める。 攔下計程車。		タクシーが　止まる。 計程車停了下來。	

3 緑の　着物で、それから　頭が　はげて　います。（他穿綠色的衣服，還有，他有禿頭。）

「[自動詞て形]います」表示跟目的、意圖無關的某個動作結果或狀態，還持續到現在。自動詞的語句大多以「…て　います」的形式出現。

本が　落ちて　います。（書掉了。）

時計が　遅れて　います。（時鐘慢了。）

4 1回は　話し中でした。（一次是在通話中。）

「中（ちゅう）」接在名詞後面　表示此時此刻正在做某件事情。可譯作「…中」、「正在…」。

楊さんは　日本語の　勉強中です。（楊同學正在唸日語。）

中村さんは　仕事中です。（中村先生現在在工作。）

5 もう1回は　留守電に　メッセージを　残してあります。（另一次是轉進語音信箱，我留言了。）

「[他動詞て形]あります」表示抱著某個目的、有意圖地去執行，當動作結束之後，那一動作的結果還存在的狀態。可譯作「…著」、「已…了」。他動詞的語句大多以「…てあります」的形式出現。

封筒は　買って　あります。（有買信封。）

壁に　写真が　貼って　あります。（牆上貼著照片。）

「（対象（人或物））に」表示動作、作用的對象。可譯作「給…」、「跟…」。

友達に　電話を　かけます。（打電話給朋友。）

彼女に　花を　あげました。（送了花給女朋友。）

6 ちょっと　待って　ください。（請等一下。）

「[動詞て形]ください」表示請求、指示或命令某人做某事。一般常用在老師跟學生、上司對部屬、醫生對病人等指示、命令的時候。可譯作「請…」。

口を　大きく　開けて　ください。（請把嘴巴張大。）

先に　手を　洗って　ください。（請先洗手。）

▶ **T 16.3** 聽聽MP3，請按照 1 ～ 8 的順序，把您聽到的日語填到空格上。

Answer

▶▶ 答案詳見P143

⑤ _____

③ _____

④ _____

① _____

② _____

⑥ _____

⑦ _____

⑧ _____

單字補給站

かばん／包包	スカート／裙子	くつした／襪子
ズボン／褲子	帽子（ぼうし）／帽子	くつ／鞋子
コート／大衣	服（ふく）／衣服	

▶ **小專欄**

　　儘管許多現代女性都抱持著不婚主義，但相信仍有一部分的女孩，渴望穿上婚紗，成為最美的新娘。

　　那您知道為什麼日本人喜歡當「6月の花嫁」（ろくがつのはなよめ，六月新娘）嗎？原來，英語的六月是古羅馬神話中，守護女神Juno的名字，她守護著女性及婚姻。因此，相傳在六月結婚的女性，一定會得到幸福喔！

對話練習ア
話してみよう

▶ **T 16.4** A 傑森先生是哪一位？他正在做什麼呢？ 請邊聽MP3，邊練習以下對話。

A：ジョンソンさんは　どの　人ですか。
傑森先生是哪一位？

B：あの　**グレーの　服**の　人です。
那位穿灰色衣服的。

A：何を　して　いますか。
他在做什麼呢？

B：パソコンを　打って　います。
在打電腦。

▶ **B** 請參考以上對話及配圖，將人物適當的描寫填入空白處。填寫完成之後，與同伴各扮演A、B，練習對話看看。

ア **A：**佐藤さんは　どの　人ですか。
B：あの　＿＿＿＿＿の　人です。
A：何を　して　いますか。
B：＿＿＿＿＿＿＿＿＿＿　。

ウ **A：**マリさんは　どの　人ですか。
B：あの　＿＿＿＿＿の　人です。
A：何を　して　いますか。
B：＿＿＿＿＿＿＿＿＿＿　。

イ **A：**青木さんは　どの　人ですか。
B：あの　＿＿＿＿＿の　人です。
A：何を　して　いますか。
B：＿＿＿＿＿＿＿＿＿＿　。

エ **A：**中山さんは　どの　人ですか。
B：あの　＿＿＿＿＿の　人です。
A：何を　して　いますか。
B：＿＿＿＿＿＿＿＿＿＿　。

▶▶ 參考答案及翻譯詳見P143

▶ **T 16.5** A 聽說有商業間諜潛入這家公司，到底哪些人最可疑呢？ア、イ說的是線索 1，ウ、エ說的是線索 2。請按照ア到エ的順序，將人物編號填到下方的答案欄中。

A：その 男は 40 歳ぐらいです。
那位男性大約 40 歲。

B：髪の毛は 茶色ですか。
頭髮是茶色嗎？

A：いいえ、違います。
不，不是。

B：背は 高いですか。
個子高嗎？

A：いいえ、高く ありません。
それから、めがねを かけて
います。
不，不高。還有，有戴眼鏡。

線索 1

線索 2

線索 1 答案：ア __1__ イ_____

線索 2 答案：ウ_____ エ_____

WHO IS THE SPY ?

▶▶ 答案詳見P143

▶ **T 16.6** B 參考下面的例句，換您描寫一下自己的同學，或公司裡的人。

A：彼女は 髪の毛が 長いです。
她的頭髮很長。

B：陳さんですね。
是陳小姐吧！

A：いいえ、違います。彼女は 背が
高いです。
不，不是。她個子很高。

B：ああ、王さんですね。
啊！是王小姐吧！

A：はい、そうです。
是的。

對話練習イ
話してみよう

▶ **T 16.7** 糟糕了！看廟會時家人不見了，怎麼辦？請參考對話１，然後跟同伴練習２到４。

A：どうしました。
怎麼了？

B：うちの　子が　いません。
我家小孩不見了。

A：どんな　服を　着て　いますか。
穿什麼衣服呢？

B：紫の　セーターと　緑の　ズボンで、
それから　帽子を　かぶって　います。
紫色的毛線衣和綠色的褲子，還有，戴著帽子。

A：おいくつですか。
請問幾歲呢？

B：8つです。
八歲。

A：ちょっと、待って　ください。この
子ですか。
等一下。是這孩子嗎？

B：あ、**太郎ちゃん**。よかった。
啊！太郎啊！菩薩保佑！

▶▶ 其它參考對話詳見P144

▶ 好好表現一下！找幾個人熟人當對象，參考上面的對話，跟同伴練習怎麼形容人。

① 息子（兒子）
8つ／太郎ちゃん
（8歲／太郎）

② 娘（女兒）
10歳／桜ちゃん
（10歲／小櫻）

③ おじいちゃん（阿公）
82歳／おじいちゃん
（82歲／阿公）

④ おばあちゃん（阿嬤）
80歳／おばあちゃん
（80歲／阿嬤）

▶ 請閱讀以下短文，試著回答下列問題。

閱讀

今、クラブの　先輩に　片思い中です。先輩は　会計を　やっています。よく、お金の　計算を　しています。計算が　得意な　人は、かっこういいです。もうすぐ　2月14日なので、チョコレートを　買ってあります。でも、渡す勇気が　出ません。先輩を　好きな　人を　5人ぐらい　知って　いるからです。

1　先輩は　どんな　人ですか。

❶ この　人と　同じクラブです。　　❷ お金が　たくさん　ある　人です。
❸ 顔が　かっこう　いいです。　　❹ チョコレートが　好きです。

2　この人は、どうして　チョコレートを　買いましたか。

❶ 自分で　食べるから　　❷ クラブの　みんなで　食べるから
❸ 先輩に　渡すから　　❹ 自分と　先輩で　半分ずつ　食べるから

翻譯　　解答

　　我現在暗戀著社團的學長。學長是學會計的，經常處理帳務，擅長作帳的人最帥了。由於2月14號快到了，所以我買好了巧克力。不過，我沒有勇氣把巧克力送給他。因為據我所知，喜歡學長的人大概有五個。

1　學長是怎麼樣的人呢？

❶ 跟這個人是同社團的。　❷ 是個很有錢的人。　❸ 長得很帥。　❹ 喜歡巧克力。

2　這個人為什麼買了巧克力呢？

❶ 因為自己要吃　❷ 因為社團的團員們要吃
❸ 因要要給學長　❹ 因為要跟學長一人吃一半

答案：1.3　2.3

N5單字總整理！

剛上完一課，快來進行單字總復習！
在日檢考試前，幫您做好萬全準備！

● 貴方（〈對長輩或平輩尊稱〉你，您；〈妻子叫先生〉老公）
● 大人（大人，成人）
● 私（我）
● 子供（自己的兒女；小孩）
● 男（男性，男人）
● 外国人（外國人）
● 女（女人，女性）
● 友達（朋友，友人）
● 男の子（男孩子）
● 人（人，人類）
● 女の子（女孩子）
● 方（位，人）
● さん（先生，小姐）

身體部位

頭（頭）

顔（臉，面孔）

耳（耳朵）

目（眼睛）

鼻（鼻子）

口（口，嘴巴）

歯（牙齒）

手（手，手掌）

おなか（肚子；腸胃）

足（腿；腳；〈器物的〉腿）

体（身體；體格）

背（身高，身材）

声（〈人或動物的〉）聲音

模擬考題

もんだい1＿＿の　ことばは　ひらがな、カタカナや　かんじで　どう　かきますか。
1・2・3・4から　いちばん　いいものを　ひとつ　えらんで　ください。

① すずきさんは　体が　じょうぶで　よく　はたらきます。
　　1　からだ　　2　からっだ　　3　がらた　　4　からた

② にちようびは　子供と　ゆうえんちに　いきます。
　　1　ごとも　　2　こども　　3　ことうも　　4　ことも

③ どの　人が　やまださんですか。
　　1　じん　　2　ひと　　3　かた　　4　さん

④ はしもとさんの　うちには　男の　子が　さんにん　います。
　　1　おんなの　こ　　2　おうなの　こ　　3　おどこの　こ　　4　おとこの　こ

⑤ けさ、外国人と　えいごで　はなしました。
　　1　かいこくじん　　2　がいこくじん　3かいごくにん　4　がいごくにん

⑥ きのう、友だちに　あいました。
　　1　どもだち　2　ようだち　3　ともだち　4　ゆうだち

⑦ テレビを　3じかんも　みたので、めが　つかれました。
　　1　旦　2　耳　3　目　4　日

⑧ へやの　なかに　こどもが　います。
　　1　千ども　　2　子ども　　3　供ども　　4　午ども

⑨ たなかせんせいは　どの　かたですか。
　　1　人　2　様　3　方　4　達

⑩ らいげつ　あたらしい　おんなの　せんせいが　きます。
　　1　安　　2　立　3　文　4　女

二、文法問題

もんだい1 （　　）に 何を 入れますか。1・2・3・4から いちばん いいもの
を 一つ えらんで ください。

① 田中「山田さん。きのう 山田さんの つくえの したに ペンが （　　）よ。こ
れです。山田さんのでは ありませんか。」

山田「あ。わたしのです。ありがとう ございます。」

1　おちます　　　　　　　　2　おちました
3　おちて います　　　　　4　おちて いました

② いえの 前に くるま（　　） とまりました。
1　が　　　　　　2　を　　　　　　3　に　　　　　4　で

③ A「何を して いますか。」
B「ともだち（　　） てがみを 書いて います。」

1　に　　　　　　2　が　　　　　　3　で　　　　　4　や

④ 田中「山田さんが 描いた えは どれですか。」
山田「わたしの えは あそこに はって （　　）。」

1　います　　　　　2　あります　　　　　3　します　　　　　4　なります

⑤ この お店では 外国の おさけも （　　）います。
1　うり　　　　　　2　うる　　　　　　3　うって　　　　　4　うった

⑥ A「今日は 空（　　） くもって いますね。」
B「かさを もって 行きましょう。」

1　に　　　　　　2　で　　　　　　3　が　　　　　4　を

⑦ A「すみません。そこの ペンを （　　）。」
B「はい。どうぞ。」

1　とりませんか　　　　　　2　とりましょうか
3　とって いますか　　　　4　とって ください

模擬考題

⑧ A「たくさんの　子どもが　（　　　）ね。」
B「ほんとうですね。みんな　げんきですね。」

1　遊びます　　　　　　2　遊んで　います
3　遊びました　　　　　4　遊んで　いました

もんだい２　（1）　から　（2）　に　何を　入れますか。1・2・3・4から　いちばん
いいものを　一つ　えらんで　ください。

Q　きのう、あねの　いえに　あそびに　いきました。あねは　きょねんから　東京の　大
学に　行って　いますので、いまは　東京に　1人で（1）。あねの　アパートは　え
きの　ちかくに　あります。とても　（2）、よる　おそくまで　でんしゃの　おとや
ひとの　こえが　うるさいです。

①

1　すみます
2　すんで　います
3　すみました
4　すんで　いました

②

1　べんりですので
2　べんりですが
3　べんりで
4　べんりに

もんだい3 （1） から （2） に 何を 入れますか。1・2・3・4から いちばん
いいものを 一つ えらんで ください。

Ⓠ　　わたしの　いえは　とても　（1）、あたらしい　いえが　かいたいです。えきから

ちかい　ところに　すみたいですが、えきの　そばの　いえは　とても　たかいです

から、きょうは　すこし　（2）　ところに　ある　いえを　みに　いきました。

あまり　べんりな　ところでは　ありませんが、にわが　ひろくて　とても　きれいな

いえでした。

①

　　1　ふるいので
　　2　ふるかったので
　　3　ふるいですが
　　4　ふるくないので

②

　　1　ちかい
　　2　とおい
　　3　たかい
　　4　ひくい

17

外食族，晚餐吃什麼？

いい お店を 教えて くださいませんか。

看圖記單字
絵を見て覚えよう

▶ **T 17.1** 聽聽看！再大聲唸出來

練習しよう

1 日本料理（にほんりょうり）／日本菜
2 インド料理（りょうり）／印度菜
3 中華料理（ちゅうかりょうり）／中國菜
4 イタリア料理（りょうり）／義大利菜
5 フランス料理（りょうり）／法國菜
6 アメリカ料理（りょうり）／美國菜
7 タイ料理（りょうり）／泰國菜
8 ドイツ料理（りょうり）／德國菜
9 韓国料理（かんこくりょうり）／韓國菜
10 ベトナム料理（りょうり）／越南菜
11 スリランカ料理（りょうり）／斯里蘭卡菜
12 ギリシャ料理（りょうり）／希臘菜

靈活應用
応用編

▶ **T 17.2** 跟同伴好好練習下面的對話吧！

A：飲み物は 何に なさいますか。

　　請問要什麼飲料呢？

B：そうですね。白ワインを 1杯 ください。

　　我想想。請給我一杯白酒。

A：おいしい お酒を 飲みながら おいしい 物を 食べるのは、最高ですね。

　　邊喝美酒，邊吃佳餚，真是太享受了。

B：私は 1人で ご飯を 食べる ことが 多いので、今日は ありがとう。

　　我經常都是一個人吃飯，今天謝謝妳。

A：気を 使わないで ください。よく 外食を しますか。

　　請別客氣。您常在外面吃飯嗎？

B：ときどき 仕事が 終わらなくて 残業した ときに します。

　　有時工作做不完，不得不加班時，會在外面吃。

A：何を 食べますか。

　　吃些什麼呢？

B：よく 中華料理を 食べます。いい お店を 教えて くださいませんか。

　　我常吃中國菜。妳可不可以介紹哪裡有好吃的餐館呢？

A：そうですね。「長春」という お店は おいしいです。後で 住所を 教えます。フランス料理は どうですか。

　　讓我想一想喔。有家叫「長春」的餐廳很好吃。我等一下把地址給您。您喜歡法國菜嗎？

B：あまり 食べません。

　　我不太吃。

A：何か 嫌いな ものは ありますか。

　　有沒有不喜歡吃的食物呢？

B：羊の 肉が 苦手です。においが 慣れなくて。

　　我不敢吃羊肉。那股羶味實在吃不慣。

文法重點提要

☐ になさいますか
☐ ［動詞ます形］ながら、～
☐ （状況・状態）で
☐ こと
☐ ［動詞ない形］でください
☐ ［動詞ない形］なくて
☐ ［動詞て形］くださいませんか
☐ という ［名詞］
☐ どこか／何か／誰か（疑問詞＋か）／どこも／何も／誰も（疑問詞＋も＋ません）

文法重點說明

1 飲み物は　何に　なさいますか。（請問要什麼飲料呢？）

「になさいますか」表示決定選定某事物。「なさいます」是「します」尊敬語。表示對客人的尊敬。

この　時計に　します。（我要這隻表。）

今日は　魚定食に　します。（今天吃魚定食。）

2 おいしい　お酒を　飲みながら　おいしい　物を　食べるのは、最高ですね。（邊喝美酒，邊吃佳餚，真是太享受了。）

「［動詞ます形］ながら、～」表示同一主體同時進行兩個動作。這時候後面的動作是主要的動作，前面的動作伴隨的次要動作。可譯作「一邊…一邊…」。

映画を　見ながら、泣きました。（邊看電影邊掉了眼淚。）

音楽を　聴きながら、ご飯を　作ります。（邊聽音樂，邊做飯。）

3 私は　1人で　ご飯を　食べる　ことが　多いので、（我經常都是一個人吃飯）

「（狀況・狀態）で」表示在某種狀態、情況下做後項的事情。可譯作「在…」、「以…」。

笑顔で　写真を　撮ります。（展開笑容拍照。）

17歳で　大学に　入ります。（在 17 歲時進入大學就讀。）

4 気を　使わないで　ください。（請別客氣。）

「［動詞ない形］でください」表示否定的請求命令，請求對方不要做某事。可譯作「請不要…」。

授業中は　話さないで　ください。（上課請不要說話。）

写真を　撮らないで　ください。（請不要拍照。）

5 ときどき　仕事が　終わらなくて　残業したときに　します。（有時工作做不完，不得不加班時，會在外面吃。）

「［動詞ない形］なくて」表示因果關係。由於無法達成、實現前項的動作，導致後項的發生。可譯作「因為沒有…」、「不…所以…」。

宿題が　終わらなくて、まだ　起きて　います。（功課寫不完，我還沒睡。）

子供が　できなくて、医者に　行って　います。

（一直都無法懷孕，所以去看醫生。）

6 いい お店を 教えて くださいませんか。（妳可不可以介紹哪裡有好吃的餐館呢？）

「[動詞て形] くださいませんか」跟「[動詞て形] ください」一樣表示請求。但是說法更有禮貌，由於請求的內容給對方負擔較大，因此有婉轉地詢問對方是否願意的語氣。可譯作「能不能請你…」。

お名前を 教えて くださいませんか。（能不能告訴我您的尊姓大名？）

先生、もう 少し ゆっくり 話して くださいませんか。
（老師，能否請您講慢一點？）

7 「長春」という お店は おいしいです。（有家叫「長春」的餐廳很好吃。）

「という [名詞]」表示說明後面這個事物、人或場所的名字。一般是說話人或聽話人一方，或者雙方都不熟悉的事物。可譯作「叫做…」。

花子という 花屋は どこですか。（叫花子的花店在哪裡？）

楊さんという 人が 来ました。（有位姓楊的來了。）

8 何か 嫌いな ものは ありますか。（有沒有不喜歡吃的食物呢？）

「どこか / 何か / 誰か / どこも / 何も / 誰も」具有不確定，沒辦法具體說清楚之意的「か」，接在疑問詞「なに」的後面，表示不確定。可譯作「某些」、「什麼」；接在「だれ」的後面表示不確定是誰。可譯作「某人」；接在「どこ」的後面表示不肯定的某處，再接表示方向的「へ」。可譯作「去某地方」。

暑いから、何か 飲みましょう。（好熱喔，去喝點什麼吧。）

誰か 窓を しめて ください。（誰來把窗戶關一下吧。）

我喜歡用餐的地方
私の好きな店

▶ 平常您都到哪裡進餐呢？常去的地方就打勾。

料<ruby>亭<rt>りょうてい</rt></ruby>／高級日本料理店

レストラン／餐廳

バー／酒吧

ファストフード<ruby>店<rt>てん</rt></ruby>／速食店

<ruby>屋台<rt>やたい</rt></ruby>／路邊攤

<ruby>高級<rt>こうきゅう</rt></ruby>レストラン／高級餐廳

對話練習
話してみよう

▶ **T 17.3** 要怎麼點菜呢？請參考 1 的說法，然後跟同伴練習對話 2 到 4。

9月のメニュー
MENU
September

1 おすし／てんぷら　　　　ビール／２<ruby>本<rt>にほん</rt></ruby>
（壽司／天婦羅）　　　　（啤酒／兩瓶）

2 ラーメン／そば　　　　<ruby>日本酒<rt>にほんしゅ</rt></ruby>の　<ruby>小瓶<rt>こびん</rt></ruby>／<ruby>一本<rt>いっぽん</rt></ruby>
（拉麵／蕎麥麵）　　　　（小瓶日本酒／一瓶）

3 すき<ruby>焼<rt>や</rt></ruby>き／しゃぶしゃぶ　<ruby>梅<rt>うめ</rt></ruby>サワー／２<ruby>杯<rt>はい</rt></ruby>
（壽喜燒／涮涮鍋）　　　（梅子沙瓦／兩杯）

4 カツ<ruby>丼<rt>どん</rt></ruby>／<ruby>親子<rt>おやこ</rt></ruby><ruby>丼<rt>ど</rt></ruby>　<ruby>焼酎<rt>しょうちゅう</rt></ruby>の　<ruby>水割<rt>みずわ</rt></ruby>り／<ruby>一杯<rt>いっぱい</rt></ruby>
（炸豬排蓋飯／親子雞肉蓋飯）（燒酒套水／一杯）

▶▶ 其它參考對話詳見P145

1 **A：**いらっしゃいませ。<ruby>何<rt>なに</rt></ruby>に
なさいますか。
歡迎光臨。您要點什麼？

B：おすしと　てんぷらを
ください。
給我們壽司跟天婦羅。

A：お<ruby>飲<rt>の</rt></ruby>み<ruby>物<rt>もの</rt></ruby>は　<ruby>何<rt>なに</rt></ruby>に
なさいますか。
您要點什麼飲料？

B：ビールを　２<ruby>本<rt>ほん</rt></ruby>　ください。
給我們兩瓶啤酒。

A：はい、かしこまりました。
好的。

▶ 以自己喜歡的食物和飲料為話題，參考上面的對話，跟同伴練習。

▶ **T 17.4** 人們在談論自己的健康管理情況，請一邊聽一邊幫他們打勾做記錄。

	1 お酒／酒	2 スポーツ／運動	3 果物／水果	4 野菜／蔬菜	5 お肉／肉
よく／經常	☐	☐	☐	☐	☐
ときどき／偶爾	☐	☐	☐	☐	☐
あまり／不常	☐	☐	☐	☐	☐
全然／完全不	☐	☐	☐	☐	☐

▶▶ 答案及翻譯詳見P145

▶ **T 17.5** 好好跟同伴檢視自己日常生活，參考以下對話，跟同伴練習說日語！

 A： 鈴木さんは　よく　タバコを　吸いますか。

鈴木先生你常抽煙嗎？

 B： いいえ、あまり　吸いません。青木さんは。

不，不怎麼抽。青木小姐呢？

 A： 私は　全然　吸いません。じゃ、お酒は　どうですか。

我完全不抽。那酒呢？

 B： お酒ですか。ときどき　飲みますよ。妻と　2人で　チーズを　食べながら　ワインを　飲むのが　好きです。

酒啊！我偶爾喝。我很喜歡跟太太兩人一邊吃起士，一邊喝葡萄酒。

 A： 私は　ほとんど　毎日　1人で　飲みます。枝豆を　食べながら　ビールを　飲むのが　好きです。

我幾乎每天都會一個人喝酒。我喜歡一邊吃毛豆，一邊喝啤酒。

 B： 飲み過ぎないで　くださいね。食事を　きちんと　取らないで　お酒を　たくさん　飲むのは　体に　悪いですよ。

請不要喝太多了。不好好吃飯，又喝很多酒，對身體很不好喔。

幸運食物
縁起のよい食べ物

▶ 每個國家都有不同的風俗習慣，看看下面這些食物，在新年裡可以給人們帶來什麼好運呢？

1. みかん

橘子。中國因為柑橘的發音跟外形，所以相信在過年吃柑橘，可以讓新的一年，既甘甜又圓滿。

2. りんご

蘋果。猶太人認為吃蘋果配蜂蜜，可以讓人們在新的一年，甜甜蜜蜜的。

3. ぶどう

葡萄。西班牙及部分拉丁美洲國家人民，相信在聖誕夜吃 12 個葡萄，可以在未來一年的 12 個月裡，都很幸運。

4. 昆布

昆布。日本新年年菜「おせち料理」（御節料理）中不可或缺的料理元素，由於擷取「喜ぶ」（よろこぶ，高興）的發音，所以也帶有幸運的意思。

▶ 請閱讀以下短文，試著回答下列問題。

閱讀

　　ダイエットで　大事なのは、運動と　食事の　2つです。私は　よく　公園で、音楽を　聞きながら　早く　歩きます。お風呂は　３8度で　だいたい　1時間　入ります。食事は、朝は　たくさん、昼は　普通、夜は　少しに　します。朝ご飯を　全然　食べない　人が　いますが、それでは　痩せません。

1　ダイエットの　成功には、何が　大事ですか。
　　❶運動と　お風呂　❷お風呂と　食事　❸運動と　食事　❹朝ご飯

2　朝ご飯を　全然　食べない　人は、どうなりますか。
　　❶痩せます。　　　　　　　　　　　　❷痩せません。
　　❸痩せる　人も　痩せない　人も　います。　❹太ります。

翻譯　　解答

　　減肥最重要的，就是運動及飲食這兩項了。我常常在公園裡邊聽音樂邊快走。泡澡用38度的水，大約浸一個小時。飲食方面，早上吃得多、中午吃一般份量、晚上吃得很少。也有人完全不吃早餐，但那樣是不會瘦下來的。

1　減肥要成功，最重要的是什麼？
　　❶運動及泡澡　　❷泡澡及飲食　　　❸運動及飲食　　　❹吃早餐

2　完全不吃早餐的人，會怎麼樣呢？
　　❶會瘦。　❷不會瘦。　❸有會瘦的人，也有不會瘦的人。　❹會胖。

答案：1.❸　2.❷

Lesson 17

N5單字總整理！

剛上完一課，快來進行單字總復習！
在日檢考試前，幫您做好萬全準備！

副詞、副助詞

- 余^{あま}り（〈後接否定〉不太～，不怎麼～）
- 一々^{いちいち}（一一，一個一個；全部；詳細）
- 一番^{いちばん}（最初，第一；最好；最優秀）
- 何時^{いつ}も（經常，隨時，無論何時；日常，往常）
- すぐ（に）（馬上，立刻；輕易；〈距離〉很近）
- 少^{すこ}し（一下子；少量，稍微，一點）
- 全部^{ぜんぶ}（全部，總共）
- 大抵^{たいてい}（大體，差不多；〈下接推量〉多半；〈接否定〉一般）

- 大変^{たいへん}（很，非常，大）
- 沢山^{たくさん}（很多，大量；足夠，不再需要）
- 多分^{たぶん}（大概，或許；恐怕）
- 段々^{だんだん}（漸漸地）
- 丁度^{ちょうど}（剛好，正好；正，整；剛，才）
- 一寸^{ちょっと}（稍微；一下子；〈下接否定〉不太～，不太容易～）
- どう（怎麼，如何）
- どうして（為什麼，何故；如何，怎麼樣）

- どうぞ（〈表勸誘，請求，委託〉請；〈表承認，同意〉可以，請）
- どうも（怎麼也，總是，實在；太，謝謝）
- 時々^{ときどき}（有時，偶而）
- とても（很，非常）
- 何故^{なぜ}（為何，為什麼）
- 初^{はじ}めて（最初，初次，第一次）
- 本当^{ほんとう}に（真正，真實）
- 又^{また}（還，又，再；也，亦；而）
- 未^まだ（還，尚；仍然；才，不過；並且）
- 真^まっ直^すぐ（筆直，不彎曲；一直，直接）
- もう（另外，再）
- もう（已經；馬上就要）
- もっと（更，再，進一步，更稍微）
- ゆっくり（と）（更，再，進一步，更稍微）
- よく（經常，常常）
- 如何^{いかが}（如何，怎麼樣）

- ～位^{くらい}／～位^{ぐらい}（大概，左右〈數量或程度上的推測〉，上下）
- ずつ（〈表示均攤〉每～，各～；表示反覆多次）
- だけ（只～）
- ながら（邊～邊～，一面～一面～）

模擬考題

一、文字、語彙問題

もんだい1　（　　　）に　なにを　いれますか。1・2・3・4から　いちばん　いいもの
を　ひとつ　えらんで　ください。

①　まだ　じかんが　ありますので、（　　　　）　いきましょう。
　　　1　ゆっくり
　　　2　だんだん
　　　3　たいへん
　　　4　ちょうど

②　わたしの　うちは　えきから　（　　　　）ちかく　ありません。
　　　1　よく　　　　　　　2　あまり　　　　　3　すぐに　　　　　4　たくさん

③　へやを　（　　　　）あかるく　して　ください。
　　　1　もっと　　　　　　2　たいてい　　　　3　よく　　　　　　4　もう

④　A「さくぶんは　出しましたか。」
　　　B「いいえ、（　　　　　）　です。」

　　　1　まだ　　　　　　　2　だんだん
　　　3　もう　　　　　　　4　よく

⑤　かんじは　はじめは　やさしいですが、＿＿＿むずかしく　なります。
　　　1　よく　　　　　　　2　まだ　　　　　　3　ちょうど　　　　4　だんだん

もんだい2　（　　　）に　なにを　いれますか。1・2・3・4から　いちばん　いいものを
ひとつ　えらんで　ください。

①　まいにち　7じに　いえを　でて、しごとに　いきます。
　　　1　いつも　7じに　でかけます。
　　　2　ときどき　7じに　でかけます。
　　　3　いつも　7じに　つきます。
　　　4　ときどき　7じに　つきます。

二、文法問題

もんだい1　（　　　）に　何を　入れますか。1・2・3・4から　いちばん　いいもの
を　一つ　えらんで　ください。

① A「クラスに　すずきさん（　　　）　いう　人が　いますか。」
　　 B「ええ、いますよ。」

　　 1　が　　　　　　　　2　と　　　　　　　　3　を　　　　　　4　で

② すみません。もうすこし　おおきい　こえで　話して　（　　　）。
　　 1　ないで　ください　　　　　　　2　くださいませんか
　　 3　ませんか　　　　　　　　　　　4　でしょうか

③ わたしは　いつも　おんがくを　（　　　）　えを　描きます。
　　 1　きいたり　　　　2　ききます
　　 3　ききますが　　　4　ききながら

④ たてものの　なかでは　しゃしんを　（　　　）ないで　ください。
　　 1　とら　　　　　　2　とり　　　　　　　3　とる　　　　　4　とれ

⑤ ジョンさんは　17さい（　　　）　だいがくに　はいりました。
　　 1　に　　　　　　　2　が　　　　　　　　3　で　　　　　　4　の

⑥ A「もう　1時ですね。（　　　）　食べに　行きましょうか。」
　　 B「そうしましょう。」

　　 1　何か　　　　　　2　何も　　　　　　　3　何に　　　　　4　何で

⑦ 山田「もしもし、田中さん。いま　どこに　いますか。」
　　 田中「あ、山田さん。わたしは　まだ　しごとが　（　　　）　会社に　います。」

　　 1　おわるから　　　2　おわって
　　 3　おわらなくて　　4　おわったので

もんだい2 ___★___に　入る　ものは　どれですか。1・2・3・4から　いちばん　い
いものを　一つ　えらんで　ください。

① A「すずき　じろう _____ _____ __★__ _____ しって　いますか。」
B「ええ。しって　います。」

1　ひと　　　　　　2　と　　　　　　　3　を　　　　　　　4　いう

② A「中山先生は　きょうしつに　いますか。」
B「いいえ、いま　きょうしつ _____ _____ __★__ _____ いませんよ。」

1　だれ　　　　　　2　は　　　　　　　3　も　　　　　　　4　に

③ 田中「山田さんは _____ _____ __★__ _____ でかけましたか。」
山田「いいえ。きのうは　いちにちじゅう　いえに　いました。」

1　へ　　　　　　　2　どこ　　　　　　3　きのう　　　　　4　か

もんだい3　（1）　から　（3）　に　何を　入れますか。1・2・3・4から　いちばん
いいものを　一つ　えらんで　ください。

Q　わたしは　アメリカから　来ました。にほんに　来てから　もうすぐ　1ねんに

（1）。ともだちも　たくさん　いますから、まいにち　とても　たのしいです。でも

べんきょうが　いそがしいですから、にほんに　来てから　まだ　どこ（2）　あそび

に　いって　いません。なつやすみには　おおさかへ　あそびに　いきたいです。だれ

（3）　いっしょに　いきませんか。

①

1　します　　　　　2　あります　　　　3　います　　　　　4　なります

②

1　には　　　　　　2　では　　　　　　3　にも　　　　　　4　でも

③

1　が　　　　　　　2　か　　　　　　　3　と　　　　　　　4　を

18

跟著老師一起動動動！

スポーツは　何か　しますか。

看圖記單字
絵を見て覚えよう

▶ **T 18.1**　聽聽看！再大聲唸出來

練習しよう

1　野球（やきゅう）／棒球
2　サッカー／足球
3　テニス／網球
4　ゴルフ／高爾夫球

5　ジョギング／慢跑
6　スキー／滑雪
7　バスケットボール／籃球
8　卓球（たっきゅう）／桌球

9　水泳（すいえい）／游泳
10　エアロビクス／韻律體操
11　バレーボール／排球
12　ボーリング／保齡球

文法重點提要

□ ［時間］に［回数］
□ ［動詞辞書形］／［名詞］のまえに
□ ［動詞た形］／［名詞］のあとで
□ たち／がた
□ ［動詞ます形］たいです
□ どうして／［文章］から
□ ［動詞て形］から
□ ［名詞］にいい

（靈活應用）
応用編

▶ **T 18.2** 邊聽MP3，邊跟同伴練習下面的對話吧！

A：スポーツは 何か しますか。

您做哪些運動呢？

B：週に 3回、出勤の 前に ジョギングを します。それから、月に 2回ぐらい、仕事の 後で 会社の 仲間たちと テニスを します。

每星期有三天在上班前去慢跑。還有，每個月兩次左右，下班後和公司同事打網球。

A：私も いっしょに テニスを やりたいです。いいですか。

我也想和你們一起打網球，可以嗎？

B：いいですが、どうしてですか。

可以是可以，為什麼呢？

A：私は 大学を 卒業して から 2年 何も スポーツを して いません。でも、スポーツは 体に いいですから。

我從大學畢業以後，這兩年來沒做過任何運動。但是，做運動對身體很好，所以……。

▶ 好好表現一下囉！平常您喜歡做的運動有哪些？請參考以上對話，跟同伴練習。

◆ 週に 3回、出勤の 前に ジョギングを します。（每星期有三天在上班前去慢跑。）

「［時間］に ［回数］」表示某一範圍內的數量或次數。

月に 2回、テニスを します。（一個月打兩次網球。）

半年に 一度、国に 帰ります。（半年回國一次。）

「［動詞辞書形］まえに」表示動作的順序，也就是做前項動作之前，先做後項的動作。句尾的動詞即使是過去式，「まえに」的動詞也要用辭書形。可譯作「…之前，先…」；「［名詞］のまえに」表示空間上的前面，或是某一時間之前。可譯作「…的前面」。

テレビを 見る 前に、朝ご飯を 食べました。

（在看電視之前，先吃了早餐。）

私は いつも 寝る 前に、歯を 磨きます。（我都是睡前刷牙。）

おふろの 前に トイレに 入ります。（洗澡前先上廁所。）

食事の 前に 手を 洗います。（吃飯前先洗手。）

2 仕事の 後で 会社の 仲間たちと テニスを します。（下班後和公司同事打網球。）

「［動詞た形］／ ［名詞］のあとで」表示前項的動作做完後，做後項的動作。是一種按照時間順序，客觀敘述事情發生經過的表現。而且前後兩項動作相隔一定的時間發生。可譯作「…以後…」。

掃除したあとで、出かけます。（打掃後出門去。）

お風呂に 入ったあとで、ビールを 飲みます。（洗完澡後，喝啤酒。）

テレビの あとで 寝ます。（看完電視後睡覺。）

トイレの あとで おふろに 入ります。（上完廁所後洗澡。）

接尾詞「たち」接在「私」、「あなた」等人稱代名詞的後面，表示人的複數。可譯作「…們」。接尾詞「がた」也是表示人的複數的敬稱，說法更有禮貌。可譯作「…們」。

子供たちが 歌って います。（小朋友們正在唱歌。）

先生方は あそこですね。（老師在那裡。）

③ 私も　いっしょに　テニスを　やりたいです。（我也想和您們一起打網球。）

「[動詞ます形]たいです」表示說話人（第一人稱）内心希望某一行為能實現，或是強烈的願望。疑問句時表示聽話者的願望。「たい」跟「ほしい」一樣也是形容詞。可譯作「…想要做…」。

果物が　食べたいです。（我想要吃水果。）

私は　医者に　なりたいです。（我想當醫生。）

④ どうしてですか。（為什麼呢？）

「なぜ」跟「どうして」一樣，都是詢問理由的疑問詞。口語常用「なんで」。可譯作「為什麼」。

どうして　元気が　ありませんか。（為什麼沒有精神呢？）

なぜ　食べませんか。（為什麼不吃呢？）

⑤ 私は　大学を　卒業してから　２年　何も　スポーツを　していません。
（我從大學畢業以後，這兩年來沒做過任何運動。）

「[動詞て形]から」。結合兩個句子　表示前句的動作做完後　進行後句的動作。這個句型強調先做前項的動作。可譯作「先做…，然後再做…」。

よる　歯を　磨いてから、寝ます。（晚上刷完牙後再睡覺。）

テープを　入れてから、青い　ボタンを　押します。
（放入錄音帶後再按藍色按鈕。）

⑥ スポーツは　体に　いいですから。（做運動對身體很好，所以……。）

「[文章]から」表示原因　理由。一般用於說話人出於個人主觀理由　進行請求、命令、希望、主張及推測。是比較強烈的意志性表達。可譯作「因為…」。

もう　遅いから、家へ　帰ります。（因為已經很晚了，我要回家了。）

忙しいから、新聞を　読みません。（因為很忙所以不看報紙。）

「[名詞]にいい」表示對某事物好的句型。

▶ 您和朋友都做過下面的這些運動嗎？做過的話請打勾。

あなた／你	はい／是	いいえ／否
テニス／網球		
ゴルフ／高爾夫球		
ジョギング／慢跑		
スキー／滑雪		
バスケットボール／籃球		
卓球／桌球		
水泳／游泳		
エアロビクス／韻律體操		
バレーボール／排球		
ボーリング／保齡球		
その他＿＿＿＿／其他		

お友だち／朋友	はい／是	いいえ／否
テニス／網球		
ゴルフ／高爾夫球		
ジョギング／慢跑		
スキー／滑雪		
バスケットボール／籃球		
卓球／桌球		
水泳／游泳		
エアロビクス／韻律體操		
バレーボール／排球		
ボーリング／保齡球		
その他＿＿＿＿／其他		

▶ 週末想做什麼運動呢？趕快拿起你的裝備出發吧！

□ 野球／棒球

□ サッカー／足球

□ テニス／網球

□ バスケットボール／籃球

□ ゴルフ／高爾夫球

▶ **T 18.3** 您喜歡什麼樣的運動呢？請參考圖 1 對話，然後跟同伴練習說說看圖 2 到 4 。最後一句紫色日文請自由發揮囉！

A：どんな　スポーツが　好きですか。
你喜歡什麼運動呢？
AM 10:00

B：テニスが　好きです。
我喜歡打網球。
已讀　　　　　　　　　AM 10:01

A：1週間に　何回　テニスを
しますか。
一個禮拜打幾次網球呢？
AM 10:03

B：2回ぐらいです。だいたい、
水曜日と　金曜日です。
会社が　終わってから
同僚と　します。
大約兩次。通常都是星期三和星期五。下班後，跟同事一起打。
已讀

テニス／網球
日 月 火 水 木 金 土

バスケットボール
／籃球
日 月 火 水 木 金 土

ゴルフ／高爾夫球

日 月 火 水 木 金 土

水泳／游泳
日 月 火 水 木 金 土

▶▶ 其它參考對話詳見P145

▶ **T 18.4**　請參考圖1對話，然後跟同伴練習說說看圖2到6。

スポーツ（運動）
週／3回（週／三次）
ダイエットして　います（減肥）

ピクニック（野餐）
月／1回（月／一次）
楽しいです（開心）

海外旅行（出國旅行）
年／2回（年／兩次）
海外は　おもしろいです
（國外很有趣）

ドライブ（開車兜風）
週／1回（週／一次）
ストレス解消に　なります
（可以消除壓力）

お祭り（廟會）
年／4回（年／四次）
にぎやかです（熱鬧）

お花を　見る（賞花）
年／4回（年／四次）
お花が　好きです
（喜歡花）

A：私は　スポーツが　好きです。週　3回ぐらい　します。
我喜歡運動。一週大約運動三次。

B：どうしてですか。
為什麼？

A：ダイエットして　いますから。
因為我在減肥。

▶▶　其它參考對話詳見P146

換掉紫色字就可以用日語聊天了～

▶ 定期的運動是很重要的。下面這些運動，有哪些是您想嘗試去做的呢？有的話請打勾。

スポーツ／運動	はい／是	いいえ／否
テニス／網球	☐	☐
ゴルフ／高爾夫球	☐	☐
ジョギング／慢跑	☐	☐
スキー／滑雪	☐	☐
バスケットボール／籃球	☐	☐
卓球（たっきゅう）／桌球	☐	☐
水泳（すいえい）／游泳	☐	☐
エアロビクス／韻律體操	☐	☐
バレーボール／排球	☐	☐
ボーリング／保齡球	☐	☐
その他＿＿＿＿／其他	☐	☐

▶ 小專欄

　　您知道目前亞洲最多次被選為「オリンピック」（奧運）主辦國的是哪一個國家嗎？答案就是日本囉！

　　日本分別於1972年、1998年，在「札幌」（さっぽろ）、「長野」（ながの）舉行冬季奧運。首都「東京」則繼1964年的夏季奧運後，再度拿下2020年奧運的主辦權。在景氣低迷的情勢下，許多日本國民也冀望藉由奧運的舉辦，帶動日本經濟復甦。如果想在2020年親自觀禮東京奧運的話，現在就趕快學好日語吧！

▶ 請閱讀以下短文，試著回答下列問題。

閱讀

　　彼に　ハンバーグを　作りたいので、彼に　出す前に　3日に　1回　作って　練習して　います。ハンバーグには、火を　止めて　から　チーズを　載せます。チーズが　溶けたあとで、お皿に　移します。それから、サラダも　作ります。野菜は　体に　いいですから。

1 この　人は　何を　して　いますか。

❶ ハンバーグを　彼に　作って　います。

❷ ハンバーグを　作る　練習を　して　います。

❸ ハンバーグを　3日に　1回　食べて　います。

❹ チーズに　ハンバーグを　載せて　います。

2 なぜ　サラダを　作りますか。

❶ 野菜は　おいしいから　　❷ 体が　悪いから

❸ 健康に　いいから　　❹ 彼が　サラダを　好きだから

翻譯　　解答

　　我想做漢堡給男友吃，所以在做給他之前，我每三天會試做一次。要在關火以後，才把起士放到漢堡上，等到起士融化了，再移放到盤子上。接下來，我還做了沙拉，因為蔬菜對身體很好。

---

1 這個人都在做什麼呢？

❶ 做漢堡給男友吃。　　❷ 練習試做漢堡。

❸ 三天吃一次漢堡。　　❹ 把漢堡放到起士上。

2 為什麼做沙拉呢？

❶ 因為蔬菜很好吃　❷ 因為身體不好　❸ 因為有益健康　❹ 因為男友喜歡吃沙拉

答案：1.❷　2.❸

Lesson 18

N5單字總整理！

剛上完一課，快來進行單字總復習！
在日檢考試前，幫您做好萬全準備！

開く
（打開，開〈著〉）

開ける
（打開；開始）

掛かる
（懸掛，掛上）

掛ける
（掛在〈牆壁〉；戴上〈眼鏡〉）

消える
（〈燈，火等〉熄滅）

消す
（熄掉，撲滅）

閉まる
（關閉）

閉める
（關閉，合上）

並ぶ
（並排，並列）

並べる
（排列，陳列）

始まる（開始，開頭）

始める（開始，創始）

模擬考題

もんだい1 （　　　）に　なにを　いれますか。1・2・3・4から　いちばん　いいものを
ひとつ　えらんで　ください。

① ネクタイを　（　　　）　かいぎに　でます。
　　1　あいて　　　　　　　2　あけて　　　　　　　3　しまて　　　　　　4　しめて

② おじは　しんぶんを　よむとき　めがねを（　　　）。
　　1　かけます　　　　　　2　きます　　　　　　　3　はきます　　　　　4　かぶります

もんだい2 ＿＿＿＿＿の　ぶんと　だいたい　おなじ　いみの　ぶんが　あります。1・2・
3・4から　いちばん　いいものを　ひとつ　えらんで　ください。

① かれは　いつも　でんきを　つけて　ねます。
　　1　かれは　いつも　へやを　くらく　して　ねます。
　　2　かれは　いつも　へやを　くらく　しないで　ねます。
　　3　かれは　いつも　へやを　せまく　して　ねます。
　　4　かれは　いつも　へやを　ひろく　して　ねます。

② あの　ドアは　あいて　います。
　　1　あの　ドアは　あきません。　　　　　2　あの　ドアは　あけて　ありません。
　　3　あの　ドアは　しまって　いません。　4　あの　ドアは　しめて　あります。

③ きのう　デパートは　しまって　いました。
　　1　きのう　デパートは　あいて　いました。
　　2　きのう　デパートは　やって　いました。
　　3　きのう　デパートは　あいて　いませんでした。
　　4　きのう　デパートに　いきませんでした。

④ テーブルに　りょうりを　ならべて　ください。
　　1　テーブルに　りょうりを　おいて　ください。
　　2　テーブルで　りょうりを　つくって　ください。
　　3　テーブルの　りょうりを　たべて　ください。
　　4　テーブルに　りょうりを　かけて　ください。

二、文法問題

もんだい1　（　　　）に　何を　入れますか。1・2・3・4から　いちばん　いいもの
を　一つ　えらんで　ください。

① A「あついですね。何か　のみませんか。」
　　B「そうですね。わたしは　つめたい　ジュースが　（　　　）。」

　　1　のみましょう　　2　ください　　3　のんで　ください　　4　のみたいです

② A「つかれましたね。そこの　きっさてんで　すこし（　　　）から　行きましょうか。」
　　B「そうしましょう。」

　　1　やすんだ　　2　やすんで　　3　やすみ　　4　やすむ

③ A「いつ　おふろに　入りますか。」
　　B「ごはんを　食べる　（　　　）　入ります。」

　　1　まえに　　2　あとで　　3　のまえに　　4　のあとで

④ 山田「ジョンさんは　1ねん（　　　）　何かい　国に　かえりますか。」
　　ジョン「なつと　ふゆの　2かい　かえります。」

　　1　から　　2　に　　3　が　　4　と

もんだい2　＿＿★＿＿　に　入る　ものは　どれですか。1・2・3・4から　いちばん
いいものを　一つ　えらんで　ください。

① 大川「原田さん　＿＿＿＿　＿＿＿＿　＿★＿　＿＿＿＿　そとで　ばんごはんを　たべますか。」
　　原田「3かいぐらいです。」

　　1　に　　　　2　は　　　　3　1しゅうかん　　4　何かい

② 田中「山田さん。でんわですよ。」
　　山田「すみません。かぜで　あたまが　いたいです。いま　＿＿＿＿　＿＿＿＿

　　＿★＿　＿＿＿＿　はなしたく　ありません。」

　　1　と　　　2　だれ　　3　も　　　　　4　は

③ A「おひるごはん　＿＿＿＿　＿＿＿＿　＿★＿　＿＿＿＿　を　さんぽ　しませんか。」
　　B「いいですね。そうしましょう。」

　　1　で　　　　2　こうえん　　　3　の　　　4　あと

19

來看看喔！
喜歡都可以帶一件喔～

帽子が ほしいです。

【看圖記單字】
絵を見て覚えよう

▶ T 19.1　聽聽看！再大聲唸出來

練習しよう

1	ワンピース／連身洋裝	5	帽子（ぼうし）／帽子	9	ワイシャツ／白襯衫
2	ズボン／褲子	6	くつ／鞋子	10	かばん／包包
3	スカート／裙子	7	下着（したぎ）／內衣	11	マフラー／圍巾
4	背広（せびろ）／西裝	8	ネクタイ／領帶	12	Ｔシャツ／Ｔ恤

文法重點提要
□ ［名詞］がほしいです
□ もう［動詞］ません
□ ［動詞て形］（方法／手段）
□ ［名詞］はいかがですか
□ ［人］にもらいます／借ります／習います
□ ［動詞て形］（原因／時間順序）
□ ［人］にあげます／貸します／教えます
□ ［い形容詞］の
□ ［な形容詞］なの
□ ［名詞］と［名詞］どっちのほうが
□ ［名詞］のほうが

[靈活應用
応用編]

▶ T 19.2 最喜歡跟好姐妹一起血拼了，但怎麼用日語跟店家溝通呢？跟同伴練習下面的對話吧！

A：いちごの ケーキが ほしいです。
我想要草莓蛋糕。

B：申し訳ありません、お客様。今日は もう ありません。人気が あって、売り切れました。
這位顧客，不好意思，今天已經沒有了。這一種很受歡迎，已經賣完了。

A：そうですか。では、チョコレートの ケーキが ほしいです。
這樣喔。那麼，我要巧克力蛋糕。

B：この 三角の ケーキは いかがで すか。ご試食を どうぞ。
這種三角形的蛋糕如何？歡迎試吃。

A：あ、もう ほかの 店員さんに も らいました。試食して、こっちの 四角いのに 決めました。
哦，別的店員已經讓我吃過了。我試吃以後，決定要買這種四方形的。

B：かしこまりました。おいくつですか。
感謝您的選購。請問要幾塊呢？

A：2つ お願いします。人に あげるの で、きれいに 包んで ください。
請給我兩塊。這是要送禮的，請幫我包裝得漂亮一點。

B：包み紙は 赤いのと 模様が 華やかな のと どっちの ほうが 好きですか。
包裝紙有紅色的和圖案繽紛的，請問您喜歡哪一種？

A：そっちの 紙の ほうが 好きです。リボンも かけて ください。
我喜歡那一種包裝紙。也請綁上緞帶。

95

文法重點說明

1 **いちごの ケーキが ほしいです。**（我想要草莓蛋糕。）

「[名詞]がほしいです」表示說話人（第一人稱）想要把什麼東西弄到手，想要把什麼東西變成自己的，希望得到某物的句型。「ほしい」是表示感情的形容詞。希望得到的東西，用「が」來表示。疑問句時表示聽話者的希望。可譯作「…想要…」。

私は 自分の 部屋が ほしいです。（我想要有自己的房間。）

新しい 洋服が ほしいです。（我想要新的洋裝。）

2 **今日は もう ありません。**（今天已經沒有了。）

「もう [動詞] ません」「否定」後接否定的表達方式 表示不能繼續某種狀態了。一般多用於感情方面達到相當程度。可譯作「已經不…了」。

もう 飲みたく ありません。（我已經不想喝了。）

紙は もう ありません。（已經沒紙了。）

3 **人気が あって、売り切れました。**（這一種很受歡迎，已經賣完了。）

「動詞て形」表示行為的方法或手段。

ＣＤを 聞いて、勉強します。（聽 CD 來讀書。）

バスに 乗って、海へ 行きました。（坐公車到海邊。）

4 **ここの 三角の ケーキは いかがですか。**（這種三角形的蛋糕如何？）

「[名詞]はいかがですか」。「どう」詢問對方的想法及對方的健康狀況，還有不知道情況是如何或該怎麼做等。可譯作「如何」、「怎麼樣」。「いかが」跟「どう」一樣，只是說法更有禮貌。可譯作「如何」、「怎麼樣」。兩者也用在勸誘時。

テストは どうでしたか。（考試考得怎樣？）

コーヒーを いっぱい いかがですか。（來杯咖啡如何？）

5 **もう ほかの 店員さんに もらいました。**（別的店員已經讓我吃過了。）

「もう [動詞] ました」和動詞句一起使用，表示行為、事情到了某個時間已經完了。用在疑問句的時候，表示詢問完或沒完。可譯作「已經…了」。

病気は もう 治りました。（病已經治好了。）

妹は もう 出かけました。（妹妹已經出門了。）

「[人]にもらいます／借ります／習います」表示從「に」前接的某人那裡獲得某物／借到某物／學到某事。

6 試食して、こっちの　四角いのに　決めました。（我試吃以後，決定要買這種四方形的。）

「［動詞て形］（原因）」動詞て形也可以表示原因。也有表示順序的意思。

お金が　なくて、困って　います。（沒有錢很煩惱。）
風邪を　引いて、頭が　痛いです。（感冒了頭很痛。）

7 おいくつですか。（請問要幾塊呢？）

「いくつ（個数）」表示不確定的個數，只用在問小東西的時候。可譯作「幾個」、「多少」。也可以詢問年齡。可譯作「幾歲」。

りんごは　いくつ　ありますか。（有幾個蘋果？）

8 人に　あげるので、きれいに　包んで　ください。（這是要送禮的，請幫我包裝得漂亮一點。）

「［人］にあげます／貸します／教えます」表示送某物給「に」前接的某人／借某物給「に」前接的某人／教授某事物給「に」前接的某人。

9 包み紙は　赤いのと　模様が　華やかなのと　どっちの　ほうが　好きですか。（包裝紙有紅色的和圖案繽紛的，請問您喜歡哪一種？）

「［い形容詞］の」形容詞後面接「の」，這個「の」是一個代替名詞，代替句中前面已出現過的某個名詞。而「の」一般代替的是「物」。

10 小さいのが　いいです。（小的就可以了。）

「［な形容詞］なの」形容動詞後面接代替句子的某個名詞「の」時，要將詞尾「だ」變成「な」。

便利なのが　ほしいです。（我想要方便的。）
有名なのを　借ります。（我要借有名的。）

「［名詞］と　［名詞］どっちのほうが」表示提問，哪一個比較…。

彼女と　私と、どちらが　きれいですか。（我跟她誰比較漂亮？）
台湾と　日本と、どちらが　暑いですか。（臺灣跟日本，哪國比較熱？）

11 そっちの紙の　ほうが　好きです。（我喜歡那一種包裝紙。）

「［名詞］のほうが」表示比較。表示前接的名詞比較…。

彼女の　ほうが　きれいです。（她比較漂亮。）

▶ **T 19.3**　請參考圖 1 對話，然後跟同伴練習 2 到 8。

1　白い　電話／白色的電話
普通／一般

2　黒い　手帳／黑色的記事簿
ちょうどいい　サイズ／大小剛好

3　黒い　携帯／黑色的手機
ちょっと　地味／有些樸素

4　黒い　パソコン／黑色的電腦
高い／（價錢）高

5　青い　マニキュア／藍色的指甲油
おしゃれ／時尚

6　赤い　口紅／紅色的口紅
色が　いい／顏色很好

7　緑の　歯ブラシ／綠色的牙刷
ユニーク／有特色

8　黄色い　カップ／黃色的杯子
かわいい／可愛

　A： すみません、白い　電話が　ほしいです。
不好意思，我想買白色的電話。

　B： これは　いかがですか。
這個如何？

　A： うーん、**普通**ですね。
嗯…很普通嘛！

▶▶ 其它參考對話詳見146

▶ **T 19.4** **A.** 血拼時想問價錢，或提出問題的日語該怎麼說呢？請參考圖 1 對話，然後跟同伴練習 2 跟 3 。

1 スーツケース／5万円
（旅行箱／5萬日圓）

きれい／高い／安い
（漂亮／貴／便宜）

2 マウス／8百円
（滑鼠／800日圓）

かっこういい／重い／軽い
（好看／重／輕）

3 スカート／6百円
（裙子／600日圓）

安い／短い／長い
（便宜／短／長）

A：すみません、あの　スーツケースは　いくらですか。
不好意思。那個旅行箱多少錢？

B：5万円です。
5萬日圓。

A：きれいですね。でも、ちょっと　高いです。もう　少し　安いのは　ありませんか。
滿好看的。可是，太貴了一點。有沒有稍微便宜一點的？

▶▶ 其它參考對話詳見P147

► **T 19.5**　**B** 您喜歡櫥窗裡哪個造型呢？請參考圖 1 的對話，然後跟同伴練習 2 跟 3。

A：きれいな　ワンピースですね。
好漂亮的洋裝。

B：赤いのと　青いのと　どっちの　ほうが　好きですか。
紅的跟藍的，你喜歡哪個？

A：赤い　ほうが　好きです。
我喜歡紅的。

B：これは　高いですね。
這個好貴耶！

A：シルクですから。
因為是絲製的。

> きれいなワンピースですね。

▶▶▶ 其它參考對話詳見P147

ワンピース
／連身洋裝

- **感じ**：きれい
　／外觀感覺：漂亮
- **いろ**：赤い、青い
　／顏色：紅色、藍色
- **値段**：5万円
　／價錢：5萬日圓
- **生地**：シルク
　／材質：絲

スーツ
／套裝

- **感じ**：上品
　／外觀感覺：有品味
- **いろ**：グレー、青い
　／顏色：灰色、藍色
- **値段**：8万円
　／價錢：8萬日圓
- **生地**：ウール
　／材質：羊毛

ズボン
／褲子

- **感じ**：かわいい
　／外觀感覺：可愛
- **いろ**：緑、白い
　／顏色：綠色、白色
- **値段**：3万円
　／價錢：3萬日圓
- **生地**：麻
　／材質：麻

1　**2**　**3**

▶ **T 19.6** 聽聽MP3，1到6的對話分別是在哪裡發生的呢？請按照1到6的順序，選出ア、
イ、ウ、エ、オ、カ的答案，並填在空格中。

ア 本屋／書店

イ 喫茶店／咖啡廳

ウ 薬局／藥局

オ 八百屋／蔬果店

エ 郵便局／郵局

カ デパート／百貨公司

Answer
1 _____ 2 _____ 3 _____ 4 _____ 5 _____ 6 _____

▶▶ 答案詳見P147

▶ 請閱讀以下短文，試著回答下列問題。

閱讀

　　もう　好きな　彼女には　告白しましたか。まだの　人は、お花が　いっぱいの　公園での　デートは　いかがですか。お花の　前で、彼女に　告白しましょう。もちろん、彼女が　好きなのは　どんな花か、先に　調べてね。もう　彼女が　いる人は、週に　一度は　彼女に　お花を　あげましょう。

1　好きな　人に　まだ　告白して　いません。どう　しますか。

❶告白して　から　デートします。

❷デートしながら　告白します。

❸デートの　あとで　告白します。

❹彼女に　お花を　あげて　から、告白します。

2　彼女に　お花を　あげます。どうしてですか。

❶まだ　告白して　いませんから。　　❷公園での　デートに　行きますから。

❸彼女に　告白したいですから。　　❹彼女と　交際中ですから。

翻譯　　解答

　　您已經向心儀的她告白了嗎？還沒有的人，不妨在花朵盛放的公園裡約會喔！在花兒的前面，向她告白吧！當然，她喜歡什麼樣的花，也要事先調查好喔！已經有女朋友的人，每個禮拜送一次花給她吧！

1　尚未向心儀的對象告白，該怎麼辦呢？

　❶ 告白後再去約會。　　　❷ 約會的同時告白。

　❸ 約完會後告白。　　　　❹ 調查她喜歡什麼花，再告白。

2　為什麼送花給她呢？

　❶ 因為尚未告白。　　　　❷ 因為要去公園約會。

　❸ 因為想要向她告白。　　❹ 因為正在跟她交往。

答案：1.④　2.④

Lesson 19
N5單字總整理！

剛上完一課，快來進行單字總復習！
在日檢考試前，幫您做好萬全準備！

衣服

背広（西裝）

ワイシャツ【whiteshirt】
（襯衫）

ポケット【pocket】
（口袋，衣袋）

服
（衣服）

上着
（上衣，外衣）

シャツ【shirt】
（襯衫）

コート【coat】
（外套，大衣）

洋服
（西服，西裝）

ズボン【（法）jupon】
（西裝褲；褲子）

ボタン【（葡）botão/button】
（釦子，鈕釦；按鍵）

セーター【sweater】
（毛衣）

スカート【skirt】
（裙子）

物（物品，東西）

模擬考題

一、文字、語彙問題

もんだい1＿＿の ことばは ひらがな、カタカナや かんじで どう かきますか。
1・2・3・4から いちばん いいものを ひとつ えらんで ください。

① おさつは ぽけっとの なかに いれました。
　　1　パヌット　　2　ポケット　　3　パクット　　4　パクツト

② おかあさんは きのう しろい せーたーを かいました。
　　1　セーター　　2　サーター　　3　七ーター　　4　ヤーター

③ あねは みじかい すかーとが すきです。
　　1　スカート　　2　メカート　　3　ヌカート　　4　スカーテ

もんだい2 （　　　）に なにを いれますか。1・2・3・4から いちばん いいもの
を ひとつ えらんで ください。

① わたしは きょう （　　　）を はかないで でかけました。
　　1　せびろ　　　　　2　まふら　　　　　3　ぼうし　　4　くつした

② （　　　）を しめて から せびろを きます。
　　1　ハンカチ　　　　2　ズボン　　　　　3　シャツ　　　　4　ネクタイ

もんだい3 ＿＿＿＿の ぶんと だいたい おなじ いみの ぶんが あります。1・2・
3・4から いちばん いいものを ひとつ えらんで ください。

① さとうさんは やまださんに ほんを かりました。
　　1　やまださんは さとうさんに ほんを うりました。
　　2　やまださんは さとうさんに ほんを かえしました。
　　3　やまださんは さとうさんに ほんを かしました。
　　4　やまださんは さとうさんに ほんを もらいました。

② 1しゅうかんに いっかい りょうりを ならいに いっています。
　　1　1しゅうかんに いっかい りょうりを おしえに いっています。
　　2　1しゅうかんに いっかい りょうりを べんきょうしに いっています。
　　3　1しゅうかんに いっかい りょうりを たべに いっています。
　　4　1しゅうかんに いっかい りょうりを ならべに いっています。

二、文法問題

もんだい1　（　　　）に　何を　入れますか。1・2・3・4から　いちばん　いいもの
を　一つ　えらんで　ください。

1 この　じしょは　あまり　べんりでは　ありません。もっと　（　　　）が　ほしいです。
1　べんり　　　　　　2　べんりな　　　　　3　べんりなの　　　　4　べんりに

2 A「きのうは　たんじょうびだったので、ともだちに　はなを　（　　　）。これです。」
B「きれいな　はなですね。」

1　あげました　　　　2　もらいました　　　3　ください　　　　4　ほしいです

3 （店で）
A「りんごジュースを　1杯　ください。」

B「すみません、りんごジュースは　もう　（　　　　）。」

1　あります　　　　　2　ありました
3　ありません　　　　4　ありませんでした

4 A「おおたさんは　おそいですね。」
B「そうですね。そこの　イスに　（　　　）　まちましょう。」

1　すわる　　　　　　2　すわった　　　　　3　すわったり　　　　4　すわって

5 中山「あしたは　中山さんの　たんじょうびですね。あした　山田さんは　中山さん
に　何を　（　　　）か。」

山田「わたしは　ハンカチを　（　　　）。」

1　もらいます／もらいます　　　　　　2　あげます／あげます
3　もらいましょう／もらいましょう　　4　あげませんか／あげませんか

模　擬　考　題

もんだい2　＿★＿　に　入る　ものは　どれですか。1・2・3・4から　いちばん
いいものを　一つ　えらんで　ください。

① A「きのうは　おそく　＿＿＿＿　＿＿＿＿　＿★＿　＿＿＿＿　とても　つかれました。」
　　B「たいへんでしたね。」

　　1　して　　　　　　　2　を　　　　　　　3　まで　　　　　　4　しごと

② （店で）
田中「わたしは　これを　かいます。ヤンさんは　どれが　いいですか。」

　ヤン「わたしは　もっと　＿＿＿＿　＿＿＿＿　＿★＿　＿＿＿＿　ほしいです。」

　　1　かるい　　　　　　2　が　　　　　　　3　の　　　　　　　4　ちいさくて

もんだい3　（1）　から　（3）　に　何を　入れますか。1・2・3・4から　いちばん
いいものを　一つ　えらんで　ください。

Ｑ　　もうすぐ　いもうとの　たんじょうびです。いもうとは　はなが　すきなので、
きょねんは　はなの　えの　ハンカチを　あげました。いもうとは　どうぶつ（1）

　すきです。（2）　ことしは　どうぶつの　えが　（3）　くつしたを　あげたいです。

①
　　1　が　　　　　　　2　は　　　　　　　3　を　　　　　　　4　も

②
　　1　そして　　　　　2　それから　　　　3　だから　　　　　4　では

③
　　1　かいた　　　　　2　かいている　　　3　かいてある　　　4　かいて

もんだい4 （1） から （3） に 何を 入れますか。1・2・3・4から いちばん
いいものを 一つ えらんで ください。

Ⓠ　　きのうは にちようびでしたので、あさ へやの そうじを （1）、としょかんへ
せんしゅう かりた ほんを （2）に いきました。それから いえの ちかくの
みせで にくと やさいを かいました。いえに （3）、その にくと やさいで
おひるごはんを つくって たべました。

①
　　1　するとき　　　　2　しながら　　　　3　したから　　　　4　してから

②
　　1　かい　　　　　　2　かり　　　　　　3　かえし　　　　　4　かし

③
　　1　かえる　とき　　　　　2　かえった　とき
　　3　かえる　まえ　　　　　4　かえった　あとで

20 不好意思，請問這附近有花店嗎？

すみません、この 近くに 花屋は ありませんか。

看圖記單字
絵を見て覚えよう

▶ **T 20.1** 聽聽看！再大聲唸出來

練習しよう

1	スーパー／超市	2	病院（びょういん）／醫院	3	銀行（ぎんこう）／銀行	4	空港（くうこう）／機場
5	居酒屋（いざかや）／居酒屋	6	水族館（すいぞくかん）／水族館	7	八百屋（やおや）／蔬果店	8	花屋（はなや）／花店

▶ 想購買或換取右方這兩樣東西，應該要到哪裡呢？請從前面的 1 到 8 中選出，並把數字填上去。

お金（かね）／錢　　　　　　花（はな）／花

▶▶ 答案詳見P148

□ ［動詞ます形］方
□ ［動詞て形］、［動詞て形］、それから～
□ ［場所］を［自動詞］（通過／移動）

［靈活應用］
応用編

▶ **T 20.2** 今天是母親節，您打算下班後前往
花店買花，但不確定公司附近哪裡有花店，
於是用求救牌詢問路人…。

A：すみません、この 近くに 花屋は ありませんか。
地図の 見方が よく 分からなくて。

　　不好意思，請問這附近有花店嗎？我看不太懂地圖。

B：ああ、この 地図は 古いですよ。この 道を
まっすぐ 行って、1つ 目の 交差点を 左
に 曲がって、それから 公園の ところで 右に 曲が
ると、大きい デパートが あります。

　　喔，這張地圖已經太舊了。沿著這條路直走，在第一個路口往左轉，接著在公園那裡往右轉，就
　　會看到一間很大的百貨公司。

A：はい。

　　好。

B：デパートの となりが 花屋です。

　　百貨公司的隔壁就是花店。

A：デパートの となりですね。ありがとう ございました。

　　在百貨公司的隔壁，好的。非常謝謝您。

▶ 好好表現一下囉！如果有日本人向您問路，該如何用日語回答呢？跟同伴一起想像問
路情境，練習說看看。

109

文法重點說明

1 地図の　見方がよく　分からなくて。（我看不太懂地圖。）

「［動詞ます形］方」前面接動詞連用形，表示方法、手段、程度跟情況。「…法」、「…樣子」的意思。

この　漢字の　読み方が　わかりますか。（你知道這個漢字的讀法嗎？）

安全な　使い方を　しなければ　なりません。（使用時必須注意安全。）

2 この　道を　まっすぐ　行って、1つ目の　交差点を　左に
曲がって、それから　公園の　ところで　右に　曲がると、
大きい　デパートが　あります。（沿著這條路直走，在第一個路口往左轉，
接著在公園那裡往右轉，就會看到一間很大的百貨公司。）

「［動詞て形］、［動詞て形］、それから〜」單純的連接前後短句成一個句子，
表示並舉了幾個動作或狀態。

朝は　パンを　食べて、牛乳を　飲みます。（早上吃麵包，喝牛奶。）

夏休みは、おじいちゃんの　家に　行って、釣りを　します。
（暑假到爺爺家釣魚。）

3 この　道を　まっすぐ　行って、1つ目の　交差点を　左に
曲がって……（沿著這條路直走，在第一個路口往左轉……）

「［場所］を［自動詞］」表示經過或移動的場所用助詞「を」，而且「を」後
面要接自動詞。自動詞有表示通過場所的「渡る（越過）、曲がる（轉彎）」。
還有表示移動的「歩く（走）、走る（跑）、飛ぶ（飛）」。

学生が　道を　歩いて　います。（學生在路上走著。）

飛行機が　空を　飛んで　います。（飛機在空中飛。）

▶ T 20.3　用日語問路前要會的說法。

まっすぐ　行きます。（直走）　　右に　曲がります。（右轉）　　左に　曲がります。（左轉）

角／突き当たり（轉角／盡頭）　　交差点で　道を　渡ります。（過十字路）

聽力練習
聞き取り練習

▶ T 20.4　A 請聽聽MP3，從ア或イ兩個選項中，選出MP3中所說的正確路線，並在方格內打勾。

1

ア□　　　　　　　イ□

2

ア□　　　　　　　イ□

つづく（待續）

3

ア□ イ□

4

ア□ イ□

▶▶ 答案詳見P148

▶ **T 20.5** **B** 您站在黑線箭頭的位置，如果想到達某個目的地，該怎麼走呢？請按照MP3中說話的順序，在方格內標上1、2、3、4、5序號。

▶▶ 答案詳見P148

1

ゆうびんきょく
郵便局まで／到郵局

□ 大きい 病院が あります。

□ 1つ目の 交差点を 右に 曲がって ください。

□ 病院の となりが 郵便局です。

□ この 道を まっすぐ 行って、

□ 郵便局までの 行き方を 説明します。

2

スーパーまで／到超市

□ 1つ目の 角を 右に 曲がって ください。

□ スーパーまでの 行き方を 説明します。

□ デパートの となりが スーパーです。

□ この 道を まっすぐ 行って、

□ 突き当たりに 大きな デパートが あります。

まっすぐ 行きます。
／直走

右に 曲がります。
／右轉

突き当たり
／盡頭

112

讀解練習
読んでみよう

▶ 請閱讀以下短文，試著回答下列問題。

閲讀

　　土曜日に　彼と　花見に　行きました。行き方が　分からなくて　少し　迷いましたが、そのうち　桜の　トンネルに　着きました。トンネルを　通って、お弁当を　買って、それから　満開の　桜の　下で　お弁当を　食べました。彼と　見た　桜は　とても　きれいで、お弁当は　とても　おいしかったです。

1 この　人は　どれを　しませんでしたか。

❶ デート　　　　　　　　　　　❷ 桜の　花の　下を　歩くこと
❸ 彼に　お弁当を　作ること　　❹ 桜を　見ること

2 ただしい　順番は　どれですか。

❶ 道に　迷う→桜の　トンネルを　歩く→お弁当を　食べる
❷ 桜の　トンネルを　歩く→道に　迷う→お弁当を　食べる
❸ 道に　迷う→お弁当を　食べる→桜の　トンネルを　歩く
❹ 桜の　トンネルを　歩く→お弁当を　食べる→道に　迷う

翻譯　　解答

　　星期六，我跟男友一起去賞花。由於不清楚該怎麼去而有點迷路，但不久後就到達櫻花隧道了。穿過隧道，買了便當，就在盛開的櫻花樹下吃了便當。跟男友一起看到的櫻花十分美麗，便當也非常好吃。

────────────────────

1 這個人沒有做的事是哪一項呢？

❶ 約會　　　❷ 漫步於櫻花下　　　❸ 為男友做便當　　　❹ 賞櫻

2 正確順序為何？

❶ 迷路→漫步於櫻花隧道→吃便當　　❷ 漫步於櫻花隧道→迷路→吃便當
❸ 迷路→吃便當→漫步於櫻花隧道　　❹ 漫步於櫻花隧道→吃便當→迷路

答案：1.3．2.1

Lesson 20
N5單字總整理！

剛上完一課，快來進行單字總復習！
在日檢考試前，幫您做好萬全準備！

キロ（メートル）
【（法）kilo（mêtre）】
（一千公尺，一公里）

メートル【mètre】
（公尺，米）

● 半分<ruby>はんぶん</ruby>（半，一半，二分之一）

位置等

隣<ruby>となり</ruby>
（鄰居，鄰家；隔壁，
旁邊；鄰近，附近）

側／傍<ruby>そば　そば</ruby>
（旁邊，側邊；附近）

横<ruby>よこ</ruby>
（橫；寬；側面；旁邊）

角<ruby>かど</ruby>
（角；〈道路的〉拐角，
角落）

近く<ruby>ちか</ruby>
（附近，近旁）

辺<ruby>へん</ruby>
（附近，一帶；程
度，大致）

おさきに
どうぞ

先<ruby>さき</ruby>
（先，早；頂端，尖端；
前頭，最前端）

重量、數量

50キロ

キロ（グラム）【（法）kilo（gramme）】
（千克，公斤）

10キロ走った

グラム【（法）gramme】
（公克）

次<ruby>つぎ</ruby>
（下次，下回，接
下來；第二，
其次）

100メートル泳いだ

幾ら<ruby>いく</ruby>
（多少〈錢，價格，
數量等〉）

はんぶん食べた

模擬考題

一、文字、語彙問題

もんだい1＿＿の ことばは ひらがな、カタカナや かんじで どう かきますか。
1・2・3・4から いちばん いいものを ひとつ えらんで ください。

① テーブルは まどの よこに おいて ください。
　　1 礦　　　　2 廣　　　　3 横　　　　4 黄

② こうさてんの 側に びょういんが あります。
　　1 うち　　　2 よこ　　　3 そば　　　4 そと

③ あの 角を みぎに まがります。
　　1 まち　　　2 かど　　　3 にわ　　　4 みち

④ この へんは よる くらくて あぶないです。
　　1 角　　　　2 道　　　　3 辺　　　　4 端

もんだい2 （　　　）に なにを いれますか。1・2・3・4から いちばん いいもの
を ひとつ えらんで ください。

① まいあさ 5（　　　） はしって います。
　　1 クラス　　　　　2 プール　　　　　3 キロ　　　　　4 グラム

② たいしかんは えきから 500（　　　　）ぐらいの ところに あります。
　　1 グラム　　　　　2 ノート　　　　　3 メートル　　　　4 ゼロ

模擬考題

二、文法問題

もんだい1 （　　　）に 何を 入れますか。1・2・3・4から いちばん いいもの
を 一つ えらんで ください。

① この かんじの 読み（　　　）が わかりません。
　　1 がた　　　　　　2 たち　　　　　　3 かた　　　　　　4 とき

② （タクシーで）
　　A「すみません。つぎの こうさてん（　　　） わたって から、とまって く
　　ださい。」
　　B「わかりました。」
　　1 で　　　　　　　2 に　　　　　　　3 が　　　　　　　4 を

③ 田中「山田さん、（　　　） 10じに なりましたか。」
　　山田「いいえ。（　　　） 10じ 5ふんまえです。」
　　1 や／など　　　　2 から／まで　　　3 もう／まだ　　　4 しか／だけ

④ わたしは まいばん しんぶんを よんで、（　　　）おんがくを ききます。
　　1 しかし　　　　　2 それから　　　　3 でも　　　　　　4 それでは

⑤ いつも 8じに いえを （　　　）、 がっこうへ いきます。
　　1 かえって　　　　2 でて　　　　　　3 いって　　　　　4 きて

もんだい2 ＿＿★＿＿に 入る ものは どれですか。1・2・3・4から いちばん
いいものを 一つ えらんで ください。

① A「デパートで かいものを したあと、えいがを みに いきましょうか。」
　　B「いいですね。それでは、デパート まで ＿＿＿ ＿＿＿ ＿★＿ ＿＿＿ 、
　　それから あるいて えいがかんへ いきましょう。」
　　1 バス　　　　　　2 は　　　　　　　3 で　　　　　　　4 いって

② 田中「山田さんは　きのう　何を　しましたか。」

山田「へやの　そうじを　して　____　____　_★_　____　に　いきまし

た。」

1　デパート　　　　　2　へ　　　　　　　3　から　　　　　4　かいもの

もんだい3　（1）　から　（2）　に　何を　入れますか。1・2・3・4から　いちばん
いいものを　一つ　えらんで　ください。

Ⓠ　　わたしは　せんげつから　とうきょうに　すんで　います。まだ　みちが　よく

わかりませんから、やすみの　ときは　いつも　ちずを　（1）　さんぽ　して

います。とうきょうは　とても　にぎやかな　まちですから、とても　たのしいです。

ちかてつも　べんりですが、きっぷの　（2）が　むずかしいので、よく　えきの

ひとに　ききます。えきの　ひとは　みんな　とても　やさしいです。

①
1　みないで
2　みながら
3　みるまえに
4　みたり

②
1　のりかた
2　かりかた
3　かいかた
4　いきかた

21 夢寐以求！我的夢想「家」

景色が　よくて、交通が　便利なほうが　いいからです。

▶ T 21.1　聽聽看！再大聲唸出來

練習しよう

1 ポーチ／門廊	4 洗面所（せんめんじょ）／洗手間	7 和室（わしつ）／和室	10 リビング／客廳
2 げた箱（ばこ）／鞋櫃	5 廊下（ろうか）／走廊	8 押入（おしい）れ／壁櫥	11 ダイニング／餐廳
3 玄関（げんかん）／玄關	6 洋室（ようしつ）／洋室	9 キッチン／廚房	12 バルコニー／陽台

文法重點提要

☐ ［い形容詞］くて、［な形容詞］ ／ ［な形容詞］で、［い形容詞］
☐ ほうがいい
☐ ［普通形］と思います

靈活應用
応用編

▶ **T 21.2** 您的夢想「家」是什麼呢？只要住在那樣的房子，就能感到幸福無比！跟同伴練習下面對話吧！

A：どんな　家_{いえ}が　ご希望_{きぼう}ですか。

您想住什麼樣的房子呢？

B：都会_{とかい}の　高層_{こうそう}マンションです。

都市的高樓大廈。

A：どうしてですか。

為什麼呢？

B：景色_{けしき}が　よくて、交通_{こうつう}が　便利_{べんり}な　ほうが　いいからです。

因為景觀好，交通又便利。

A：景色_{けしき}と　交通_{こうつう}ですね。ほかには。

景觀和交通……，好的，其他還有呢？

B：建_たて方_{かた}が　丈夫_{じょうぶ}で、新_{あたら}しいのが　いいです。

還要建造堅固，而且是新成屋比較好。

A：では、こんな　マンションは　どうですか。ご希望_{きぼう}に　ぴったりだと　思_{おも}いますが。

那麼，像這樣的大廈，您覺得如何？我認為應該完全符合您的需求。

B：そうですね。中_{なか}を　見_みせてください。

這樣嗎？請讓我到裡面參觀。

文法重點說明

1 景色が よくて、交通が 便利なほうが いいからです。（因為景觀好，交通又便利。）

「ほうがいい」用在向對方提出建議，或忠告的時候。有時候雖然是「た形」，但指的卻是以後要做的事。否定形為「ないほうがいい」。可譯作「最好…」、「還是…為好」。

コーヒーには 砂糖を 入れない ほうが いいです。
（不要在咖啡裡加砂糖比較好。）

曇って いるから、傘を 持って いった ほうが いいですよ。
（天色陰陰的，還是帶把傘去比較好！）

2 建て方が 丈夫で、新しいのが いいです。（還要建造堅固，而且是新成屋比較好。）

「［な形容詞］で、［い形容詞］」形容動詞詞尾「だ」改成「で」，表示句子還沒說完到此暫時停頓，以及屬性並列（連接形容詞或形容動詞時）的意思。亦稍有表示原因之意。

ここは 静かで いい 公園ですね。（這裡很安靜，真是座好公園啊。）

あの アパートは 便利で 安いです。（那間公寓又方便又便宜。）

3 ご希望に ぴったりだと 思いますが。（我認為應該完全符合您的需求。）

「［普通形］と思います」表示自己根據看到的情況進行判斷或推測。這是主觀的判斷，所以結果有可能與事實不符合。

彼女は 韓国人だと 思います。（我認為她是韓國人。）

この マスホは 高いと 思います。（這台智慧型手機應該很貴。）

▶ **T 21.3** 如果要租房子的話，您想要住在什麼樣的房子裡呢？

A：２DKの　マンションを　借りたいです。
我想租兩房一廳一廚的公寓大廈。

B：こちらは　どうですか。新しくて　広いですよ
這間如何？又新又寬敞。

A：そうですね。
挺不錯的嘛！

B：窓も　大きいですよ。
窗戶也很大喔！

A：でも、ちょっと　不便ですね。こちらは　１ヶ月……。
可是，有些不方便。這裡一個月要……。

B：10万円です。
十萬日圓。

A：もう　少し　安いのは　ありませんか。
有沒有稍微便宜一點的？

▶▶ 其它參考對話詳見P148

1

MEMO

２DKの　マンション
（兩房一廳一廚的公寓）

新しくて　広い
（又新又寬敞）

窓も　大きい／不便
（窗戶也很大／不方便）

10万円／安い
（十萬日圓／便宜）

2

MEMO

１DKの　アパート
（一房一廳一廚的公寓）

安くて　静か
（又便宜又安靜）

収納も　便利／狭い
（收納也很方便／小）

６万円／広い
（六萬日圓／大）

3

MEMO

３LDKの　一軒家
（三房兩廳一廚的透天厝）

新しくて　いい
（又新又挺好的）

天井も　高い／駅から　遠い
（天花板也很高／離車站遠）

１６万円／駅に　近い
（十六萬日圓／離車站近）

聽力練習
聞き取り練習

▶ **T 21.4** 請聽MP3中的四段對話，分別是 1、2、3、4 的哪個房間呢？請把號碼填到方格中。

1 範例：MP3 中**對話 1** 描述的是右上角照片，您答對了嗎？

A：きれいな　一軒家（いっけんや）ですね。

真是漂亮的透天厝！

B：ええ、白（しろ）い壁（かべ）で、緑（みどり）に　囲（かこ）まれて、こんな　家（いえ）に　住（す）みたいです。

是啊！白色的牆壁，周邊綠意盎然，真想住這樣的家。

MEMO

▶▶ 答案詳見P149

對話練習イ
話してみよう

▶ **T 21.5** 請參考組圖1的對話，然後跟同伴練習組圖2到4。至於理由，就請自由發揮囉！

A： どんな　町に　住みたいですか。**東京**ですか。**京都**ですか。
你想住什麼樣的城市呢？東京嗎？京都嗎？

B：京都に　住みたいと　思います。
我想住京都。

A： どうしてですか。
為什麼？

B：町が　きれいで、あちこちに　**古い**　**お寺**が　ありますから。
因為市街不僅漂亮，而且到處都是古老的寺廟。

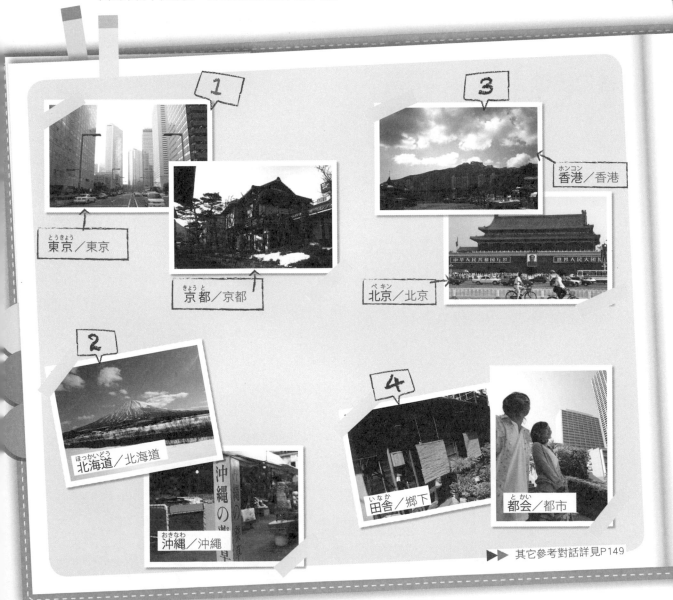

1

東京／東京

京都／京都

3

香港／香港

北京／北京

2

北海道／北海道

沖縄／沖縄

4

田舎／郷下

都会／都市

▶▶ 其它參考對話詳見P149

填填看
やってみよう

▶ 請寫出八個著名的城市，然後跟同伴形容一下，接著討論以後想住什麼樣的城市。

ANSWER

1. _____ 5. _____

2. _____ 6. _____

3. _____ 7. _____

4. _____ 8. _____

造句練習
書いてみよう

▶ 這些句子都亂了，請把它們按照順序排好。

1. の を アパート です ^{ワンディーケー}1DK 借りたい

_____

2. に か 町 です 住みたい どんな

_____

3. あります で 人 緑 いっぱい から が が 親切

_____

▶▶ 參考答案及翻譯詳見P149

都会の　マンション	山の　中の　コテージ	郊外の　豪邸	田舍の　大きな　家
（都市裡的大廈）	（山上的小木屋）	（郊外的別墅）	（鄉下的大房子）
❶	❷	❸	❹

對話練習ウ
話してみよう

▶ T 21.6　請參考圖1對話，然後跟同伴練習圖2到4。至於理由，就請自由發揮囉！

A：将来、どんな　家に　住みたいですか。
將來，你想住什麼樣的家？

B：都会の　マンションに　住みたいです。
我想住都市裡的大廈。

A：どうしてですか。
為什麼？

B：交通が　便利な　ほうが、いいからです。
因為交通方便比較好。

A：どんな　家が　理想ですか。
什麼樣的家是你夢寐以求的呢？

B：部屋が　広くて、ベランダが　あって…。
房間寬敞，又有陽台…。

換掉紅色字就可以用日語聊天了〜

▶▶ 其它參考對話詳見P149

▶ 好好表現一下囉！參考上面的說法，跟同伴一起描述，自己夢寐以求的家的樣子。

▶ 請閱讀以下短文，試著回答下列問題。

閱讀

先週、引っ越ししました。前の アパートと 比べて、今度の アパートの ほうが いいです。ご近所が いい 人たちだからです。右の 隣の 人は、親切で 優しい です。左の 隣の 人は、明るくて 元気です。こんな いい アパートに 引っ越 して、よかったと 思います。

1 ただしい ものは どれですか。

❶ 前の アパートは とても 悪い アパートだったので、引っ越して よかったです。

❷ 今度の アパートは、部屋は よく ありませんが ご近所が いい 人たちです。

❸ 今度の アパートは、ご近所が いい人たちなので、引っ越して よかったです。

❹ 前の アパートも 悪くは ありませんでしたが、今度の アパートは とても よいです。

2 ご近所は どんな 人たちですか。

❶ 親切で 優しい 人たちです。

❷ 明るくて 元気な 人たちです。

❸ 親切な 人や 明るい 人など、いい 人たちです。

❹ 右の 隣と 左の 隣だけ いい 人たちです。

翻譯　　解答

　　上個禮拜，我搬家了。跟之前的公寓相比，這次的公寓比較好。因為附近鄰居都是好人。右邊的鄰居，親切又溫柔；左邊的鄰居，開朗又有活力。我覺得搬到這麼好的公寓，真是太好了。

1 正確的選項是哪一個呢？

❶ 因為之前的公寓非常糟糕，所以搬家真是太好了。

❷ 這次的公寓並不是很好，但附近鄰居都是好人。

❸ 這次公寓附近的鄰居都是好人，所以搬家真是太好了。

❹ 雖然之前的公寓也不是不好，但這次的公寓非常之好。

2 鄰居都是怎麼樣的人呢？

❶ 是親切又溫柔的人。　　　❷ 是開朗又有活力的人。

❸ 親切的人或開朗的人等，都是好人。　❹ 只有右邊的鄰居跟左邊的鄰居是好人。

解答：1.3、2.3

N5單字總整理！

剛上完一課，快來進行單字總復習！
在日檢考試前，幫您做好萬全準備！

家
（房子；〈自己的〉家）

家
（家；房子；自己的家裡）

庭（庭院，院子）

鍵
（鑰匙，鎖頭）

プール【pool】
（游泳池）

ドア【door】（門）

アパート
【apartment house 之略】
（公寓）

池
（池塘；池子）

門
（門，大門）

戶
（〈大多指左右拉開的〉門）

入り口
（入口，門口）

出口
（出口）

所
（地方，地點）

模擬考題

もんだい1＿＿の ことばは ひらがな、カタカナや かんじで どう かきますか。
1・2・3・4から いちばん いいものを ひとつ えらんで ください。

① 庭は わたしが これから そうじ します。
　　1　にば　　　　　　　2　にわ　　　　　　　3　わに　　　　　　　4　には

② すみません、みせの 入口は どこですか。
　　1　はいりぐち　　　　2　のりぐち　　　　　3　おりぐち　　　　　4　いりぐち

③ わたしが すんで いるのは とても しずかで いい 所です。
　　1　どころ　　　　　　2　ところ　　　　　　3　どごろ　　　　　　4　とごろ

④ にわに ちいさい いけが あります。
　　1　地　　　　　　　　2　湖　　　　　　　　3　池　　　　　　　　4　海

⑤ この えきは でぐちが たくさん あります。
　　1　出口　　　　　　　2　山口　　　　　　　3　入口　　　　　　　4　人口

もんだい2 （　　　）に なにを いれますか。1・2・3・4から いちばん いいもの
を ひとつ えらんで ください。

① きのう （　　　）に およぎに いきました。
　　1　パーティー　　　　2　プール　　　　　　3　バス　　　　　　　4　タクシー

② わたしの あねは ひとりで （　　　）に すんで います。
　　1　デパート　　　　　2　レストラン　　　　3　スカート　　　　　4　アパート

③ （　　）で さかなが およいで います。
　　1　いけ　　　　　　　2　うみ　　　　　　　3　そら　　　　　　　4　やま

二、文法問題

もんだい1　（　　　）に　何を　入れますか。1・2・3・4から　いちばん　いいもの
を　一つ　えらんで　ください。

① A「山田さんは　どんな　人　ですか。」
B「いつも　（　　　　）　たのしい　人です。

1　げんき　　　　　2　げんきが　　　　　3　げんきで　　　　4　げんきに

② A「わたしは　あつい　なつが　だいすきです。」
B「そうですか。わたしは　あまり　あつくない　（　　）　いいですね。」

1　が　　　　　　　2　から　　　　　　　3　より　　　　　　4　ほうが

③ ホテルの　へやは　（　　）　きれいでした。
1　ひろい　　　　　2　ひろくて　　　　　3　ひろかった　　　4　ひろいの

④ わたしは、かれは　いくと　（　　）　。
1　つもりです　　　2　おもいます　　　　3　たいです　　　　4　ほしいです

もんだい2　＿＿★＿＿に　入る　ものは　どれですか。1・2・3・4から　いちばん
いいものを　一つ　えらんで　ください。

① A「この　ちかくに　とても　＿＿＿＿　＿＿＿＿　＿★＿　＿＿＿＿　ありますよ。」
B「じゃ、そこに　いきましょう。」

1　こうえん　　　　2　しずかで　　　　　3　が　　　　　　　4　きれいな

② A「タクシーは　はやいですが、たかいですよ。バスで　いきませんか。」
B「わたし　＿＿＿＿　＿＿＿＿　＿★＿　＿＿＿＿　いいので、タクシーで　いきたいです。」

1　はやい　　　　　2　が　　　　　　　　3　は　　　　　　　4　ほう

22 勇敢去追夢吧！

ボーナスが　出るまで　がまんする　つもりだよ。

看圖記單字
絵を見て覚えよう

▶ **T 22.1** 聽聽看！再大聲唸出來

1 歩く／走路	5 読む／閲讀	9 寝る／睡覺	13 洗う／洗滌
2 走る／跑步	6 書く／書寫	10 飛ぶ／飛翔	14 泳ぐ／游泳
3 聞く／聽	7 立つ／站立	11 飲む／喝	15 歌う／歌唱
4 話す／説話	8 座る／坐	12 食べる／吃	16 浴びる／淋，浴

文法重點提要

- □ けど
- □ ［名詞］より ［形容詞］です
- □ ［動詞辞書形／ない形］ つもりです
- □ でも
- □ ［句子］わ

靈活運用
応用編

▶ **T 22.2** 現在最想要的東西是什麼呢？跟同伴練習下面的對話吧！

A：家電で 今 何が いちばん ほしい？

　　在所有的家電用品裡，你現在最想要什麼？

B：そうだね。新しい 扇風機と スマホが ほしいな。

　　讓我想想哦……，我想要一台新的電風扇和智慧型手機吧。

A：「いちばん」よ。新しい 扇風機と スマホと どっちが
　　ほしい？

　　只能挑「最想要的」唷。新的電風扇和智慧型手機，你最想要哪一樣？

B：うーん、扇風機も ほしいけど、スマホの ほうが いいな。
　　今 使っている 携帯より いろんな ことが できるから。

　　唔……，雖然想要電風扇，不過還是選智慧型手機比較好吧。比我現在
　　用的手機還能做更多事情。

A：ほしいのは もう 決まって いるの？

　　你已經挑好想買的款式了嗎？

B：うん。でも、ボーナスが 出るまで がまんする つもりだよ。
　　今の 携帯でも、ネットは できるから。どうして そんな
　　こと 聞くの？

　　嗯。可是，在領到獎金之前，我打算先忍一忍。反正現在用的這支也能
　　上網。為什麼要問這個？

A：誕生日に プレゼントするわ。

　　我要送你當作生日禮物嘛。

B：ええっ、本当に？ ありがとう。

　　嘎？真的嗎？謝謝！

1 扇風機も　ほしいけど……（雖然想要電風扇……）

「けど」表示話說到一半，是一種委婉敘述理由，說明情況的表現。

今日は　父は　いませんけど。（我父親今天不在家……）

これは　高いと　思いますけど。（我覺得應該很貴……）

2 今　使っている　携帯より　いろんな　ことが　できるから。（比我現在用的手機還能做更多事情。）

「［名詞］より［形容詞］です」表示對兩件性質相同的事物進行比較後，選擇前者。「より」後接的是性質或狀態。如果兩件事物的差距很大，可以在「より」後面接「ずっと」來表示程度很大。可譯作「…比…」。

飛行機は、船より　速いです。（飛機比船還快。）

この　ビルは、あの　ビルより　高いです。（這棟大廈比那棟大廈高。）

3 ボーナスが　出るまで　がまんする　つもりだよ。（在領到獎金之前，我打算先忍一忍。）

「［動詞辞書形／ない形］つもりです」表示打算作某行為的意志。這是事前決定的，不是臨時決定的，而且想做的意志相當堅定。可譯作「打算」、「準備」。相反地，不打算的話用「動詞ない形＋つもり」的形式。

今年は　車を　買う　つもりです。（我今年準備買車。）

夏休みには　日本へ　行く　つもりです。（暑假打算去日本。）

4 誕生日に　プレゼントするわ。（我要送你當作生日禮物嘛。）

「［句子］わ」表示自己的主張、決心、判斷等語氣。女性用語。在句尾可使語氣柔和。可譯作「…啊」、「…呢」、「…呀」。

私も　行きたいわ。（我也好想去啊！）

早く　休みたいわ。（真想早點休息呀！）

對話練習
話してみよう

▶ **T 22.3** A 您最喜歡哪位明星呢？跟同伴練習下面的對話吧！

 A：俳優では、**誰**が　いちばん　**好き**ですか。

演員中，你最喜歡誰？

 B：木村拓哉が　**好き**です。いちばん　**かっこういい**と　**思い**ます。

最喜歡木村拓哉，我覺得他最帥氣。

 A：私は　**韓国**の　**ユチョン**さんが　いちばん　**好き**です。**演技が**

うまいからです。

我最喜歡韓國的朴有天，因為他演技很好。

 B：ああ、**日本**では　**韓流**が　**ブーム**ですね。

啊！日本現在很哈韓呢。

 A：近いうちに　**韓国**に　**行く**つもりです。

我打算最近去一趟韓國呢。

MEMO

▶ 好好表現一下囉！請參考上方的對話，可試試套用下列理由，或自由發揮，跟同伴聊聊你喜歡哪個藝人吧！

1 **歌**が　うまい／歌唱得好
2 **目**が　きれい／眼睛漂亮
3 **唇**が　セクシー／嘴唇性感
4 **気品**に　あふれる／氣質出眾
5 **声**が　いい／聲音好聽
6 **スタイル**が　いい／身材好

歌手／歌が　好きだ

（歌手／喜歡唱歌）

モデル／おしゃれが　好きだ

（模特兒／喜愛時尚）

ツアーガイド／旅行が　好きだ

（導遊／喜歡旅行）

スポーツ選手／かっこういい

（運動員／帥氣，酷）

専業主婦／幸せな　家庭を
つくりたい

（專職的主婦／想組一個幸福的家庭）

小学校の　先生／
子どもが　好きだ

（小學老師／喜歡小孩）

練習しよう

A：将来、何に　なりたいですか。
你將來想做什麼？

B：歌手に　なりたいと　思って　います。
我想當歌手。

A：どうしてですか。
為什麼？

B：歌が　好きだからです。
因為我喜歡唱歌。

►► 其它參考對話詳見P150

聽力練習
聞き取り練習

▶ **T 22.5** 人們在比較東京和紐約，請根據MP3中答話者的想法，在某種社會情況比較多的方格內打勾。

LISTENING

1. 交通事故／交通意外

□ 東京／東京
□ ニューヨーク／紐約

2. 犯罪／犯罪

□ 東京／東京
□ ニューヨーク／紐約

3. 離婚／離婚

□ 東京／東京
□ ニューヨーク／紐約

▶▶ 答案詳見P150

▶ 小專欄　　您知道日本人目前養的貓狗數是多少嗎？根據日本2012年的官方統計，日本國內貓狗的飼養數量高達兩千一百多萬隻。不過，日本2013年人口數調查發現，小孩（未滿15歲）人口數僅一千六百多萬人，竟然還比貓狗的飼養數量還少呢！

　　以前常看到媽媽疼愛小孩的畫面，現在大概更容易看到主人呵護寵物的畫面吧！難怪，日本政府會為少子化如此傷透腦筋了。不管是小貓、小狗或是小孩，都有他們可愛的地方。不過，養寵物跟生小孩一樣，都得付起相當大的責任喔！千萬別因為一時興起，買了貓、狗來養，等到興致一過就隨意扔棄，那可是遭老天處罰的喔！

▶ 請閱讀以下短文，試著回答下列問題。

閱讀

4月に、大学生に　なります。大学では、中国語を　勉強するつもりです。外国語の中では、中国語に　一番興味が　あるからです。ただ、中国語と　英語と　どちらのほうが　仕事の　役に　立つか　分かりませんけれど、父が、興味が　あるのを　勉強した　ほうが　いいだろうと　言いました。父の　言葉は　うれしかったです。

1　この人は、どうして　中国語を　勉強する　つもりですか。

❶ 自分が　やりたいからです。　　❷ 仕事の　役に　立つからです。

❸ 英語を　やるより　いいからです。　❹ 父が　中国語を　勧めたからです。

2　この　人の　父は　何を　言いましたか。

❶ 仕事の　役に　立つ　ものを　勉強した　ほうが　よい。

❷ 中国語は　仕事の　役に　立つので　勉強した　ほうが　よい。

❸ 自分が　勉強したい　ものを　勉強した　ほうが　よい。

❹ 英語の　勉強は　しない　ほうが　よい。

翻譯　　解答

　　4月份，我即將成為大學生。我打算在大學讀中文，因為在所有的外語中，我對中文最有興趣。只不過，雖然不知道中文跟英文哪個對工作比較有幫助，但爸爸說要讀有興趣的比較好。爸爸的話讓我很開心。

1　這個人為什麼打算讀中文呢？

❶ 因為自己想要學。　❷ 因為對工作有幫助。

❸ 因為比學英文好。　❹ 因為爸爸建議讀中文。

2　這個人的爸爸說了什麼呢？

❶ 要讀對工作有幫助的比較好。　❷ 因為中文對工作有幫助，所以讀中文比較好 　。

❸ 最好是讀自己想讀的。　　　❹ 最好不要讀英文。

答案：1、2 3

Lesson 22

N5單字總整理！

剛上完一課，快來進行單字總復習！
在日檢考試前，幫您做好萬全準備！

MEMO

● ああ
（〈表示驚訝等〉啊，
唉呀；哦）

● あのう
（喂，啊；嗯〈招呼人時，說話躊躇或不能馬上說出下文時〉）

● いいえ
（〈用於否定〉不是，不對，沒有）

● ええ
（〈用降調表示肯定〉是的；〈用升調表示驚訝〉哎呀）

● さあ
（〈表示勸誘，催促〉來；表躊躇，遲疑的聲音）

● じゃ／じゃあ（那麼〈就〉）

● そう
（〈回答〉是，不錯；那樣地，那麼）

● では
（那麼，這麼說，要是那樣）

● はい
（〈回答〉有，到；〈表示同意〉是的）

● もしもし（〈打電話〉喂）

● しかし（然而，但是，可是）

● そうして／そして
（然後，而且；於是；以及）

● それから
（然後；其次，還有；〈催促對方談話時〉後來怎樣）

● それでは
（如果那樣；那麼，那麼說）

● でも
（可是，但是，不過；就算）

模擬考題

もんだい1　（　　　）に　なにを　いれますか。1・2・3・4から　いちばん　いいものを
ひとつ　えらんで　ください。

① わたしは　まいあさ　しんぶんを　よみます。（　　　）、かいしゃに　いきます。
　　1　しかし　　　　　　　2　それから　　　　　　3　でも　　　　　　　4　それでは

② がくせいだった　ころは、よく　ほんを　よみました。（　　　）　この　ごろは
　　よみません。

　　1　それでは　　　　　　2　それから　　　　　　3　しかし　　　　　4　そして

③ 10じに　なりました。（　　　）テストを　はじめましょう。
　　1　でも　　　　　　　　2　しかし　　　　　　　3　どうも　　　　　4　それでは

もんだい2　＿＿＿＿＿の　ぶんと　だいたい　おなじ　いみの　ぶんが　あります。1・2・
3・4から　いちばん　いいものを　ひとつ　えらんで　ください。

Ⓠ せんげつ　コップを　むっつ　かいました。そして、こんげつも　コップを　みっつ
　　かいました。

　　1　ぜんぶで　コップを　ななつ　かいました。
　　2　ぜんぶで　コップを　ここのつ　かいました。
　　3　ぜんぶで　コップを　やっつ　かいました。
　　4　ぜんぶで　コップを　とお　かいました。

二、文法問題

もんだい1　（　　　）に　何を　入れますか。1・2・3・4から　いちばん　いいものを
一つ　えらんで　ください。

① わたしは　いぬ（　　　）　ねこの　ほうが　すきです。
　　1　から　　　　　　　　2　は　　　　　　　　　3　より　　　　　　4　が

② わたしの　兄は　父（　　　）　せが　高いです。
　　1　まで　　　　　　　　2　から　　　　　　　　3　より　　　　　　4　ほう

③ わたしの　ちちは　ははより　３さい　（　　）です。

   1　たかい

   2　ひくい

   3　わかい

   4　はやい

④ わたしは　いしゃに　なる（　　）です。

   1　たがる

   2　たい

   3　つもり

   4　ほしい

もんだい２　＿＿★＿＿に　入る　ものは　どれですか。１・２・３・４から　いちばん
いいものを　一つ　えらんで　ください。

① A「あしたは　でんしゃで　いきますか。バスで　いきますか。」

  B「バス　＿＿＿＿　＿＿＿＿　＿★＿　＿＿＿＿　が　はやいですから、でんしゃで

  いきましょう。」

   1　でんしゃ

   2　ほう

   3　の

   4　より

② 田中「まいにち　あついですね。」

  山田「そうですね。でも、きょねん　＿＿＿＿　＿＿＿＿　＿★＿　＿＿＿＿　あつかった

  ですよ。」

   1　もっと

   2　は

   3　より

   4　ことし

參考對話／翻譯／解答

Chapter 12

填填看

A.

答案：1－イ、2－ウ、3－エ

1 そこは　静かです。苦瓜が　有名です。
／那裡很安靜。以產苦瓜出名。

2 夏は　涼しく、冬は　とても　寒い　ところ
です。雪祭りが　有名です。
／夏天很涼，冬天很冷的地方。以雪祭出名。

3 そこは　きれいです。金閣寺が　有名です。
／那裡很美麗。以金閣寺出名。

B.

1 A：浅草は　どうでしたか。
／淺草如何？
B：人が　多かったです。にぎやかでした。
／人很多。很熱鬧。

2 A：箱根は　どうでしたか。
／箱根如何？
B：緑が　多かったです。とても　きれいでした。
／綠意盎然，很美麗。

3 A：沖縄は　どうでしたか。
／沖繩如何？
B：空気が　よかったです。町は　とても　静か
でした。
／空氣很好，鎮上很安靜。

4 A：みなとみらいは　どうでしたか。
／橫濱港未來區如何？
B：建物が　きれいでした。町は　とても　新し
かったです。
／建築物很美麗。城鎮很新。

5 A：京都は　どうでしたか。
／京都如何？
B：お寺が　多かったです。人は　とても　親切
でした。
／寺廟很多，人很親切。

6 A：後楽園は　どうでしたか。
／後樂園如何？
B：桜が　きれいでした。おもしろかったです。
／櫻花很美。很好玩。

對話練習

2 A：日曜日、名古屋へ　行きました。
／星期日我去了名古屋。
B：誰と　行きましたか。
／跟誰去呢？
A：妹と　行きました。
／跟妹妹去。
B：何で　行きましたか。
／怎麼去呢？
A：新幹線で　行きました。妹とは　よく　いっ
しょに　旅行します。
／坐新幹線去。我常跟妹妹一起去旅行。

3 A：日曜日、横浜へ　行きました。
／星期日我去了橫濱。
B：誰と　行きましたか。
／跟誰去呢？
A：彼と　行きました。
／跟男朋友去。
B：何で　行きましたか。
／怎麼去呢？
A：車で　行きました。横浜では　彼の　両親と
も　会いました。
／開車去。在橫濱也見了男朋友的爸媽。

4 A：日曜日、九州へ　行きました。
／星期日我去了九州。
B：誰と　行きましたか。
／跟誰去呢？
A：同僚と　行きました。
／跟同事去。
B：何で　行きましたか。
／怎麼去呢？
A：飛行機で　行きました。空港へは　電車で
行きました。
／坐飛機去。到機場是坐電車去的。

Chapter 13

對話練習

2　A：高橋さん、どんな　食べ物が　好きですか。
／高橋小姐喜歡吃什麼呢？

　　B：すき焼きが　好きです。
／我喜歡吃壽喜燒。

　　A：とんかつは　どうですか。
／那炸豬排呢？

　　B：そうですね。とんかつは　ちょっと……。
／嗯，炸豬排就不太喜歡……。

　　A：では、日曜日　すき焼きを　食べましょう。
／那麼，我們星期日去吃壽喜燒吧！

3　A：高橋さん、どんな　お酒が　好きですか。
／高橋小姐喜歡喝什麼酒呢？

　　B：ワインが　好きです。
／我喜歡喝葡萄酒。

　　A：ビールは　どうですか。
／那啤酒呢？

　　B：そうですね。ビールは　ちょっと……。
／嗯，啤酒就不太喜歡……。

　　A：では、日曜日　ワインを　飲みましょう。
／那麼，我們星期日去喝葡萄酒吧！

4　A：高橋さん、どんな　花が　好きですか。
／高橋小姐喜歡什麼花呢？

　　B：ゆりが　好きです。
／我喜歡百合花。

　　A：ばらは　どうですか。
／那玫瑰花呢？

　　B：そうですね。ばらは　ちょっと……。
／嗯，玫瑰花就不太喜歡……。

　　A：では、日曜日　ゆりを　買いましょう。
／那麼，我們星期日去買百合花吧！

連連看

答案：1－ア、2－ウ、3－イ、4－エ

1　A：鈴木さんは　釣りが　上手ですか。
／鈴木小姐很會釣魚嗎？

　　B：いいえ、上手では　ありません。
／不，不太會。

　　A：料理は　どうですか。
／那做菜呢？

　　B：料理は　上手です。
／很會做菜。

2　A：アリさんは　ゲームが　上手ですか。
／阿里先生很會打電玩嗎？

　　B：いいえ、上手では　ありません。
／不，不太會。

　　A：釣りは　どうですか。
／那釣魚呢？

　　B：釣りは　上手です。
／很會釣魚。

3　A：青木さんは　料理が　上手ですか。
／青木小姐很會做菜嗎？

　　B：いいえ、上手では　ありません。
／不，不太會。

　　A：ピアノは　どうですか。
／那鋼琴呢？

　　B：ピアノは　上手です。
／很會彈鋼琴。

4　A：かつお君は　ピアノが　上手ですか。
／勝男很會彈鋼琴嗎？

　　B：いいえ、上手では　ありません。
／不，不太會。

　　A：ゲームは　どうですか。
／那打電玩呢？

　　B：ゲームは　上手です。
／很會打電玩。

聽力練習

答案：

ゴルフを　する		歌を　歌う	
中山		中山	✓
橋本	✓	橋本	

ギターを　弾く		料理を　する	
中山		中山	✓
橋本	✓	橋本	

B：中山さんの　ご趣味は　何ですか。
／中山小姐有什麼嗜好嗎？

A：歌を　歌うことと、料理を　することですね。橋本さんは。
／唱歌跟做菜。橋本先生呢？

B：僕は　ゴルフを　することと、ギターを　弾くことですね。
／我是打高爾夫球跟彈吉他。

A：ゴルフは　私も　ときどき　接待で　やります。
／我偶爾接待客戶的時候也會打高爾大球。

Chapter 14

聽力練習

(イ) ご飯

(ク) 紅茶

(シ) おかゆ

(カ) パン

(オ) コーヒー

(ウ) みそ汁

(ケ) ケーキ

(ア) 魚

(エ) 卵

(コ) つけ物

(キ) ベーコン

(サ) ピーナッツ

Chapter 15

聽力練習ア

1 1388

4 1952

2 1826

5 2010

3 1818

6 2161

聽力練習イ

A：林さん、生年月日を　お願いします。
／林先生，麻煩給我出生年月日。
B：１９７８年５月８日です。
／1978 年 5 月 8 日。
A：楊さん、生年月日を　お願いします。
／楊小姐，麻煩給我出生年月日。
B：１９８９年６月10日です。
／1989 年 6 月 10 日。
A：渡辺さん、生年月日を　お願いします。
／渡邊先生，麻煩給我出生年月日。
B：１９６３年３月４日です。
／1963 年 3 月 4 日。
A：田中さん、生年月日を　お願いします。
／田中先生，麻煩給我出生年月日。
B：１９８０年９月1日です。
／1980 年 9 月 1 日。
A：青木さん、生年月日を　お願いします。
／青木小姐，麻煩給我出生年月日。
B：１９７５年７月28日です。
／1975 年 7 月 28 日。

對話練習

2　A：お誕生日は　いつですか。
／你生日是什麼時候？
B：４月３日です。
／4 月 3 日。
A：星座は　何座ですか。
／什麼星座呢？
B：魚座です。
／雙魚座。
A：魚座は　どんな　性格ですか。
／雙魚座是什麼樣的個性？
B：やさしい　人が　多いです。
／多半都很溫柔。
A：やさしい　人は、幸せに　なりますよ。
／溫柔的人會得到幸福喔！

3　A：お誕生日は　いつですか。
／你生日是什麼時候？
B：８月19日です。
／8 月 19 日。
A：星座は　何座ですか。
／什麼星座呢？
B：獅子座です。
／獅子座。
A：獅子座は　どんな　性格ですか。
／獅子座是什麼樣的個性？
B：明るい　人が　多いです。
／多半都很開朗。
A：明るい　人は、人気者になりますよ。
／開朗的人很受歡迎喔！

4　A：お誕生日は　いつですか。
／你生日是什麼時候？
B：11月24日です。
／11 月 24 日。
A：星座は　何座ですか。
／什麼星座呢？
B：射手座です。
／射手座。
A：射手座は　どんな　性格ですか。
／射手座是什麼樣的個性？
B：誠実な　人が　多いです。
／多半都很誠實。
A：誠実な　人は、よい夫や　妻に　なりますよ。
／誠實的人會成為好先生、好妻子喔！

說說自己

2 A：私は　もうすぐ　25歳です。誕生日は来月の　8月8日です。性格は　明るいです。登山と　カラオケが　好きです。朝は早く　起きませんが、登山の　ときは、早く起きます。
　　／我快25歲了。生日是下個月的8月8日。我性格開朗。喜歡爬山和唱卡拉OK。早上不會早起，但要爬山的時候，就會早起。

3 A：私は　もうすぐ　30歳です。誕生日はあさっての　10月30日です。性格は　おとなしいです。読書と　映画が　好きです。来週、新しい　映画が　始まるので、楽しみです。
　　／我快30歲了。生日是後天的10月30日。我性格溫順。喜歡閱讀和電影。下禮拜有新電影上映，我很期待。

4 A：私は　もうすぐ　20歳です。誕生日は　来週の　7月10日です。性格は　少し　のんびり屋です。釣りと　絵が　好きです。この前、大きな　魚を　上手に　釣りました。
　　／我快20歲了。生日是下禮拜的7月10日。我性格有些無拘無束。喜歡釣魚和繪畫。前一陣子，我擅長釣大魚。

Chapter 16

聽力練習ア

1　赤い　かばん
　／紅色包包
2　黒い　ズボン
　／黑色褲子
3　緑の　コート
　／綠色外套
4　紫の　スカート
　／紫色裙子
5　黄色い　帽子
　／黃色帽子
6　青い　服
　／藍色衣服
7　白い　くつした
　／白色襪子
8　ピンクの　くつ
　／粉紅色鞋子

對話練習ア

ア A：佐藤さんは　どの　人ですか。
　　／佐藤先生是哪一位？
　　B：あの　青い　背広の　人です。
　　／那位穿藍色西裝的。
　　A：何を　して　いますか。
　　／他在做什麼呢？
　　B：電話を　かけて　います。
　　／在打電話。

イ A：青木さんは　どの　人ですか。
　　／青木先生是哪一位？
　　B：あの　緑の　シャツの　人です。
　　／那位穿綠色襯衫的。
　　A：何を　して　いますか。
　　／他在做什麼呢？
　　B：ネットサーフィン中です。
　　／在上網。

ウ A：マリさんは　どの　人ですか。
　　／瑪麗小姐是哪一位？
　　B：あの　ピンクの　服の　人です。
　　／那位穿粉紅色衣服的。
　　A：何を　して　いますか。
　　／她在做什麼呢？
　　B：国の　家族に　手紙を　書いて　います。
　　／在寫信給家鄉的家人。

エ A：中山さんは　どの　人ですか。
　　／中山先生是哪一位？
　　B：あの　白い　シャツの　人です。
　　／那位穿白色襯衫的。
　　A：何を　して　いますか。
　　／他在做什麼呢？
　　B：前の　人と　話して　います。
　　／在跟前面的人說話。

聽力練習イ

答案：ア－3、イ－8、ウ6

イ A：その　女は　30歳ぐらいです。
　　／那位女性大約30歲。
　　B：髪の　毛は　白いですか。
　　／頭髮是白色嗎？
　　A：いいえ、違います。
　　／不，不是。
　　B：背は　高いですか。
　　／個子高嗎？
　　A：いいえ、高く　ありません。それから、ミニスカートを　はいて　います。
　　／不，不高。還有，穿著迷你裙。

ウ A：その 男は 50 歳ぐらいです。
　　　／那位男性大約 50 歳。
　　B：髪の 毛は 黒いですか。
　　　／頭髮是黑色嗎？
　　A：いいえ、違います。
　　　／不，不是。
　　B：背は 低いですか。
　　　／個子矮嗎？
　　A：いいえ、低く ありません。それから、めが
　　　ねを かけて います。
　　　／不，不矮。還有，有戴眼鏡。

エ A：その 女は 30 歳ぐらいです。
　　　／那位女性大約 30 歳。
　　B：髪の 毛は 茶色ですか。
　　　／頭髮是茶色嗎？
　　A：いいえ、違います。
　　　／不，不是。
　　B：背は 高いですか。
　　　／個子高嗎？
　　A：いいえ、高く ありません。それから、左の
　　　目尻に ほくろが あります。
　　　／不，不高。還有，她左眼眼尾有一顆痣。

對話練習イ

2　A：どうしました。
　　　／怎麼了？
　　B：うちの 娘が いません。
　　　／我家女兒不見了。
　　A：どんな 服を 着て いますか。
　　　／穿什麼衣服呢？
　　B：ピンクの ゆかたで、それから 赤い 帯を
　　　しめて います。
　　　／粉紅色的浴衣，還繫著紅色腰帶。
　　A：おいくつですか。
　　　／請問幾歲呢？
　　B：10 歳です。
　　　／十歳。
　　A：ちょっと、待って ください。この 子です
　　　か。
　　　／等一下。是這個孩子嗎？
　　B：あ、桜ちゃん。よかった。
　　　／啊！小櫻啊！菩薩保佑！

3　A：どうしました。
　　　／怎麼了？
　　B：うちの おじいちゃんが いません。
　　　／我家阿公不見了。
　　A：どんな 服を 着て いますか。
　　　／穿什麼衣服呢？
　　B：緑の 着物で、それから 頭が はげて い
　　　ます。
　　　／綠色的和服，他還有禿頭。
　　A：おいくつですか。
　　　／請問幾歲呢？
　　B：82 歳です。
　　　／82 歳。
　　A：ちょっと、待って ください。この おじい
　　　ちゃんですか。
　　　／等一下。是這位阿公嗎？
　　B：あ、おじいちゃん。よかった。
　　　／啊！阿公啊！菩薩保佑！

4　A：どうしました。
　　　／怎麼了？
　　B：うちの おばあちゃんが いません。
　　　／我家阿嬤不見了。
　　A：どんな 服を 着て いますか。
　　　／穿什麼衣服呢？
　　B：青い 和服で、それから 刺繍が してある
　　　帯を しめて います。
　　　／藍色的和服，還繫著繡紋腰帶。
　　A：おいくつですか。
　　　／請問幾歲呢？
　　B：80 歳です。
　　　／80 歳。
　　A：ちょっと、待って ください。この おばあ
　　　ちゃんですか。
　　　／等一下。是這位阿嬤嗎？
　　B：あ、おばあちゃん。よかった。
　　　／啊！阿嬤啊！菩薩保佑！

Chapter 17

對話練習

2 A：いらっしゃいませ。何に なさいますか。
　　／歡迎光臨。您要點什麼？

　　B：ラーメンと そばを ください。
　　／給我們拉麵跟蕎麥麵。

　　A：お飲み物は 何に なさいますか。
　　／您要點什麼飲料？

　　B：日本酒の 小瓶を 1本 ください。
　　／給我們一瓶小瓶日本酒。

　　A：はい、かしこまりました。
　　／好的。

3 A：いらっしゃいませ。何に なさいますか。
　　／歡迎光臨。您要點什麼？

　　B：すき焼きと しゃぶしゃぶを ください。
　　／給我們壽喜燒跟涮涮鍋。

　　A：お飲み物は 何に なさいますか。
　　／您要點什麼飲料？

　　B：梅サワーを 2杯 ください。
　　／給我們兩杯梅子沙瓦。

　　A：はい、かしこまりました。
　　／好的。

4 A：いらっしゃいませ。何に なさいますか。
　　／歡迎光臨。您要點什麼？

　　B：カツ丼と 親子丼を ください。
　　／給我們炸豬排蓋飯和雞肉蓋飯。

　　A：お飲み物は 何に なさいますか。
　　／您要點什麼飲料？

　　B：焼酎の 水割りを 1杯 ください。
　　／給我一杯燒酒套水。

　　A：はい、かしこまりました。
　　／好的。

聽力練習

1 A：よく お酒を 飲みますか。
　　／你常喝酒嗎？

　　B：いいえ、全然 飲みません。
　　／不，完全不喝。

2 A：よく スポーツを しますか。
　　／你常運動嗎？

　　B：いいえ、あまり しません。
　　／不，不常。

3 A：よく 果物を 食べますか。
　　／你常吃水果嗎？

　　B：ときどき 食べます。
　　／偶爾吃。

4 A：よく 野菜を 食べますか。
　　／你常吃蔬菜嗎？

　　B：ええ、よく 食べますよ。
　　／是的，我常吃。

5 A：お肉は どうですか。
　　／那肉呢？

　　B：ときどき 食べます。
　　／偶爾吃。

Chapter 18

對話練習ア

2 A：どんな スポーツが 好きですか。
　　／你喜歡什麼運動呢？

　　B：バスケットボールが 好きです。
　　／我喜歡打籃球。

　　A：1週間に 何回 バスケットボールを します
　　か。
　　／一個禮拜打幾次籃球呢？

　　B：3回ぐらいです。だいたい、水曜日と 土
　　曜日と 日曜日です。水曜日は 会社に
　　来る 前に 少し 1人で 練習するだけ
　　ですが、土曜日と 日曜日は 仲間たちと
　　練習します。
　　／大概三次。大概都是星期三、星期六和星期
　　日。星期三到公司前，會一個人稍微練一下
　　球，星期六和星期日則會跟朋友一起練球。

3 A：どんな スポーツが 好きですか。
　　／你喜歡什麼運動呢？

　　B：ゴルフが 好きです。
　　／我喜歡打高爾夫球。

　　A：1週間に 何回 ゴルフを しますか。
　　／一個禮拜打幾次高爾夫球呢？

　　B：1回ぐらいです。だいたい、日曜日です。朝
　　ご飯の 後で すぐに 出かけて 1日 や
　　ります。
　　／大約一次。大概都是星期日。吃完早餐後，
　　會馬上出去打一整天。

4 A：どんな　スポーツが　好きですか。
／你喜歡什麼運動呢？

B：水泳が　好きです。
／我喜歡游泳。

A：1週間に　何回　水泳を　しますか。
／一個禮拜游幾次呢？

B：2回ぐらいです。だいたい、火曜日と　金曜日です。仕事が　終わったあとで　市民センターの　プールに　行っています。
／大約兩次。大概都是星期二和星期五。下班後，會到市民中心游泳池游。

對話練習イ

2 A：私は　ピクニックが　好きです。月　1回ぐらい　行きます。
／我喜歡野餐。一個月大約去一次。

B：どうしてですか。
／為什麼？

A：楽しいですから。
／因為很開心。

3 A：私は　海外旅行が　好きです。年　2回ぐらい　行きます。
／我喜歡去國外旅行。一年大約去二次。

B：どうしてですか。
／為什麼？

A：海外は　おもしろいですから。
／因為國外很有趣。

4 A：私は　ドライブが　好きです。週　1回ぐらい　します。
／我喜歡開車兜風。一週大約兜風一次。

B：どうしてですか。
／為什麼？

A：ストレス解消に　なりますから。
／因為可以消除壓力。

5 A：私は　お祭りが　好きです。年　4回ぐらい　見ます。
／我喜歡廟會。一年大約看四次。

B：どうしてですか。
／為什麼？

A：にぎやかですから。
／因為很熱鬧。

6 A：私は　お花を　見るのが　好きです。春、夏、秋、冬と、年　4回ぐらい　行きます。
／我喜歡賞花。春夏秋冬一年大約賞四次。

B：どうしてですか。
／為什麼？

A：お花が　好きですから。
／因為我喜歡花。

Chapter 19

對話練習ア

2 A：すみません、黒い　手帳が　ほしいです。
／麻煩一下，我要買黑色的記事簿。

B：これは　いかがですか。
／這個如何？

A：ちょうどいい　サイズですね。
／大小剛好呢！

3 A：すみません、黒い　携帯が　ほしいです。
／麻煩一下，我要買黑色的手機。

B：これは　いかがですか。
／這個如何？

A：ちょっと　地味ですね。
／稍微素了一些！

4 A：すみません、黒い　パソコンが　ほしいです。
／麻煩一下，我要買黑色的筆記型電腦。

B：これは　いかがですか。
／這個如何？

A：高いですね。
／太貴了！

5 A：すみません、青い　マニキュアが　ほしいです。
／麻煩一下，我要買藍色的指甲油。

B：これは　いかがですか。
／這個如何？

A：おしゃれですね。
／很時尚耶！

6 A：すみません、赤い　口紅が　ほしいです。
／麻煩一下，我要買紅色的口紅。

B：これは　いかがですか。
／這個如何？

A：色が　いいですね。
／顏色挺好的嘛！

7 A：すみません、緑の 歯ブラシが ほしい
　　　です。
　　　／麻煩一下，我要買綠色的牙刷。

　　　B：これは いかがですか。
　　　／這個如何？

　　　A：ユニークですね。
　　　／很特別嘛！

8 A：すみません、黄色い カップが ほしいで
　　　す。
　　　／麻煩一下，我要買黃色的杯子。

　　　B：これは いかがですか。
　　　／這個如何？

　　　A：かわいいですね。
　　　／很可愛嘛！

對話練習イ

A.

2 A：すみません、あの マウスは いくらです
　　　か。
　　　／不好意思，那個滑鼠多少錢？
　　　B：8百円です。
　　　／8百日圓。
　　　A：かっこういいですね。でも、ちょっと 重
　　　いです。もう 少し 軽いのは ありませ
　　　んか。
　　　／是很好看啦。可是，不怎麼滑，有沒有滑
　　　一點的？

3 A：すみません、あの スカートは いくらで
　　　すか。
　　　／不好意思，那件裙子多少錢？
　　　B：6百円です。
　　　／6百日圓。
　　　A：安いですね。でも、ちょっと 短いです。
　　　もう 少し 長いのは ありませんか。
　　　／很便宜，但是，有些短。有沒有稍微長一點的？

B.

2 A：上品な スーツですね。
　　　／好有品味的套裝。
　　　B：青いのと グレーのと どっちの ほうが
　　　好きですか。
　　　／藍的跟灰的，你喜歡哪個？
　　　A：青い ほうが 好きです。
　　　／我喜歡藍的。
　　　B：これは 高いですね。
　　　／這好貴。

　　　A：ウールですから。
　　　／因為是羊毛製的。

3 A：かわいい ズボンですね。
　　　／好可愛的褲子。
　　　B：緑のと 白いのと どっちの ほうが 好
　　　きですか。
　　　／綠的跟白的，你喜歡哪個？
　　　A：緑の ほうが 好きです。
　　　／我喜歡綠的。
　　　B：これは 高いですね。
　　　／這好貴。
　　　A：麻ですから。
　　　／因為是麻製的。

聽力練習

答案：1－ウ、2－イ、3－エ、
　　　4－ア、5－カ、6－オ

1 A：ハクション、ハクション、くしゃみと 鼻
　　　水が 出て 困っています。風邪薬を く
　　　ださい。
　　　／哈啾、哈啾，一直打噴嚏跟流鼻水真傷腦
　　　筋，我要感冒藥。
　　　B：風邪薬ですね。はい、お大事に。
　　　／感冒藥啊！這給你，請多保重。

2 A：この コーヒー あまり おいしくないで
　　　す。しかたがないから、砂糖と ミルクを
　　　入れて ごまかします。
　　　／這咖啡不怎麼好喝。沒辦法，只好加些砂糖
　　　跟牛奶矇混一下。
　　　B：でも、この 紅茶は おいしいですよ。
　　　／可是這紅茶很好喝哦！

3 A：あのう、これ、おいくらですか。
　　　／請問，這多少錢？
　　　B：航空便ですね。
　　　／空運是嗎？

　　　A：ええ。
　　　／是的。

4 A：すみません、「鉄道の友」の 先月号は、
　　　まだ ありますか。
　　　／不好意思，請問還有上個月號的《鐵道之友》
　　　嗎？
　　　B：すみません、もう 店頭には ありません。
　　　取り寄せましょうか。
　　　／不好意思，目前本門市沒有庫存。要不要幫
　　　您調貨呢？

5 A：すみません、あの 赤い スカートを 見せて ください。
／不好意思，給我看一下那件紅色的裙子。

B：はい、どうぞ。
／好的，請。

A：いいですね。妹の 誕生日に あげるので、きれいに 包んで ください。
／不錯耶！這是要送給我妹當生日禮物的，請幫我漂亮地包裝起來。

6 A：やすいよ、やすいよ、トマトが 百円です。
／便宜、便宜，蕃茄一百日圓。

B：トマト ください。
／我想買蕃茄。

A：はい、いくつですか。
／好的，您要幾顆呢？

B：三つ ほしいです。
／我想要三顆。

Chapter 20

答案： お金－3　花－8

聽力練習

A.

答案：1－イ、2－ア、3－ア、4－ア

1 この 道を まっすぐ 行って、それから 次の 角を 左に 曲がって ください。銀行は 左に あります。
／這條路直走，在下一個轉角左轉。銀行就在左邊。

2 この 道を まっすぐ 行って ください。銀行は この 道の 突き当たりに あります。
／這條路直走，銀行就在這條路的盡頭。

3 この 道を まっすぐ 行って、それから 2つ目の 信号を 左に 曲がって ください。銀行は 右に あります。
／這條路直走，在第二個紅綠燈左轉。銀行就在右邊。

4 この 道を まっすぐ 行って、それから 2つ目の 交差点を 右に 曲がって ください。銀行は 右に あります。
／這條路直走，在第二個十字路口右轉。銀行就在右邊。

B.

1 答案：4 3 5 2 1
郵便局までの 行き方を 説明します。この 道を まっすぐ 行って、1つ目の 交差点を 右に 曲がって ください。大きい 病院が あります。病院の となりが 郵便局です。
／現在將說明到郵局的去法。這條路直走，在第一個十字路口右轉。你會看到一家大醫院，郵局在醫院隔壁。

2 答案：2－3 1 5 2 4
スーパーまでの 行き方を 説明します。この 道を まっすぐ 行って、1つ目の 角を 右に 曲がって ください。突き当たりに 大きな デパートが あります。デパートの となりが スーパーです。
／現在將說明到超市的去法。這條路直走，在第一個轉角右轉。然後，盡頭可以看到一家大百貨公司，超市在百貨公司隔壁。

Chapter 21

對話練習ア

2 A：1DKの アパートを 借りたいです。
／我想租一房一廳一廚的公寓。

B：こちらは どうですか。安くて 静かですよ。
／這間如何？又便宜又安靜。

A：そうですね。
／挺不錯的嘛！

B：収納も 便利ですよ。
／收納也很方便喔！

A：でも、ちょっと 狭いですね。こちらは 1ヶ月……。
／可是，有些小。這裡一個月要……。

B：6万円です。
／六萬日圓。

A：もう 少し 広いのは ありませんか。
／有沒有稍微大一點的呢？

3 A：3LDKの 一軒家を 借りたいです。
／我想租三房兩廳一廚的透天厝。

B：こちらは どうですか。新しくて いいですよ。
／這間如何？又新又挺好的。

A：そうですね。
／挺不錯的嘛！

B：天井も 高いですよ。
／天花板也很高喔！

A：でも、ちょっと 駅から 遠いですね。こちらは 1ヶ月……。
／可是，離車站有點遠耶！這裡一個月要……。

B：16万円です。
／十六萬日圓。

A：もう 少し 駅に 近いのは ありませんか。
／有沒有離車站稍微近一點的呢？

聽力練習

答案：

2 A：素敵な 和室ですね。
／真是雅緻的和室！

B：ええ、畳で、壁に 絵が あって、こんな 部屋に 住みたいです。
／是啊！又有榻榻米，牆上又有畫，真想住這樣的房間。

3 A：いい 書斎ですね。
／真是典雅的書房！

B：ええ、広くて、本が たくさん あって、こんな 部屋で 勉強したいです。
／是啊！又寬敞，書又多，真想在這樣的房間讀書。

4 A：古い アパートですね。
／真是老舊的公寓！

B：ええ、暗くて、狭いです。こんな 家には 住みたくないです。
／是啊！又暗又窄，真不想住這樣的家。

對話練習イ

2 A：どんな 町に 住みたいですか。北海道ですか。沖縄ですか。
／你想住什麼樣的城鎮？北海道嗎？沖繩嗎？

B：北海道に 住みたいと 思います。
／我想住北海道。

A：どうしてですか。
／為什麼？

B：草原が 広がって、いろんな 花が 咲いて いますから。
／因為不僅有廣大的草原，而且綻放著各式各樣的花。

3 A：どんな 町に 住みたいですか。香港ですか。北京ですか。
／你想住什麼樣的城市？香港嗎？北京嗎？

B：北京に 住みたいと 思います。
／我想住北京。

A：どうしてですか。
／為什麼？

B：町が 広くて、いろんな 文化財が ありますから。
／因為市街不僅寬廣，而且有各式各樣的國家級文物。

4 A：どんな ところに 住みたいですか。田舎ですか。都会ですか。
／你想住什麼樣的地方？鄉下嗎？都市嗎？

B：田舎に 住みたいと 思います。
／我想住鄉下。

A：どうしてですか。
／為什麼？

B：人が 親切で、緑が いっぱい ありますから。
／因為人又親切，而且四處都是綠油油的。

造句練習

1. 1DKの アパートを 借りたいです。
／我想租一房一廳一廚的公寓。
2. どんな 町に 住みたいですか。
／你想住什麼樣的城鎮？
3. 人が 親切で、緑が いっぱい ありますから。
／因為人很親切，而且四處都是綠油油的。

對話練習ウ

2 A：将来、どんな 家に 住みたいですか。
／將來，你想住什麼樣的家？

B：山の 中の コテージに 住みたいです。
／我想住山上的小木屋。

A：どうしてですか。
／為什麼？

B：空気が おいしいほうが、健康に いいからです。
／因為空氣清新對健康比較好。

A：どんな 家が 理想ですか。
／什麼樣的家是你夢寐以求的呢？

B：窓の 向こうに 草原が 広がって、牛が 草を 食べて いて……。
／窗前有片大草原，又有牛在吃草……。

3　A：将来どんな　家に　住みたいですか。
　／將來，你想住什麼樣的家？
　B：郊外の　豪邸に　住みたいです。
　／我想住郊外的別墅。

　A：どうしてですか。
　／為什麼？
　B：ヨーロッパ風の　大きな　家に　住みたい
　　からです。
　／因為我想住歐式的大房子。

　A：どんな　家が　理想ですか。
　／什麼樣的家是你夢寐以求的呢？
　B：広い　庭を　犬が　走って　いて、プール
　　が　あって……。
　／寬大的庭院裡有狗在跑，又有游泳池……。

4　A：将来どんな　家に　住みたいですか。
　／將來，你想住什麼樣的家？
　B：田舎の　大きな　家に　住みたいです。
　／我想住鄉下的大房子。

　A：どうしてですか。
　／為什麼？
　B：一戸建ての　ほうが　すてきだからです。
　／因為我認為透天厝比較棒。

　A：どんな　家が　理想ですか。
　／什麼樣的家是你夢寐以求的呢？
　B：田んぼに　かこまれて、鳥の　声が　聞こ
　　えて……。
　／四邊是稻田，又可以聽到鳥叫聲……。

Chapter 22

對話練習

B.

2　A：将来、何に　なりたいですか。
　／你將來想當什麼？
　B：モデルに　なりたいと　思って　います。
　／我想當模特兒。

　A：どうしてですか。
　／為什麼？
　B：おしゃれが　好きだからです。
　／因為我喜歡穿得漂漂亮亮的。

3　A：将来、何に　なりたいですか。
　／你將來想當什麼？
　B：ツアーガイドに　なりたいと　思って　い
　　ます。
　／我想當導遊。

　A：どうしてですか。
　／為什麼？
　B：旅行が　好きだからです。
　／因為我喜歡旅行。

4　A：将来、何に　なりたいですか。
　／你將來想當什麼？
　B：スポーツ選手に　なりたいと　思って　い
　　ます。
　／我想當運動員。

　A：どうしてですか。
　／為什麼？
　B：かっこういいからです。
　／因為很酷。

5　A：将来、何に　なりたいですか。
　／你將來想當什麼？
　B：専業主婦に　なりたいと　思って　います。
　／我想當專職的主婦。

　A：どうしてですか。
　／為什麼？
　B：幸せな　家庭を　つくりたいからです。
　／因為我想要組一個幸福的家庭。

6　A：将来、何に　なりたいですか。
　／你將來想當什麼？
　B：小学校の　先生に　なりたいと　思って
　　います。
　／我想當小學老師。

　A：どうしてですか。
　／為什麼？
　B：子どもが　好きだからです。
　／因為我喜歡小孩。

聽力練習

1　答案：☑東京
　A：東京と　ニューヨークと　どちらの　ほう
　　が　交通事故が　多いですか。
　／東京跟紐約，哪邊交通事故比較多？
　B：そうですね。ニューヨークより　東京の
　　ほうが　多いだろうと思います。
　／我想想看，我想應該是東京比較多吧！

2 答案：☑ニューヨーク

A：東京と　ニューヨークと　どちらの　ほう
　　が　犯罪が　多いですか。

／東京跟紐約，哪邊犯罪比較多？

B：そうですね。東京より　ニューヨークの
　　ほうが　多いだろうと思います。

／我想想看，我想應該是紐約比較多吧！

3 答案：☑ニューヨーク

A：東京と　ニューヨークと　どちらの　ほう
　　が　離婚が　多いですか。

／東京跟紐約，哪邊離婚率比較高？

B：そうですね。東京より　ニューヨークの
　　ほうが　多いだろうと思います。

／我想想看，我想應該是紐約比較多吧！

模擬考題解答

第十二章

一、文字、語彙問題

もんだい 1

| 1 | 1 | 2 | 4 | 3 | 2 | 4 | 4 | 5 | 2 | 6 | 3 |

もんだい 2

| 1 | 2 | 2 | 1 |

もんだい 3

| 1 | 1 | 2 | 4 |

二、文法問題

もんだい 1

| 1 | 1 | 2 | 2 | 3 | 3 | 4 | 1 | 5 | 4 | 6 | 2 |

もんだい 2

| 1 | 2 |

答え：ともだちと　デパート　へ　かいもの　に　いきました。

| 2 | 3 |

答え：長くて　きれい　な　髪ですね。

第十三章

一、文字、語彙問題

もんだい 1

| 1 | 2 | 2 | 4 | 3 | 3 | 4 | 2 | 5 | 3 | 6 | 4 |

もんだい 2

| 1 | 3 | 2 | 3 |

二、文法問題

もんだい 1

| 1 | 3 | 2 | 2 | 3 | 3 | 4 | 2 | 5 | 1 | 6 | 3 |

もんだい 2

| 1 | 3 |

答え：これは　きょねん　わたしが　アメリカ　へ　いった　とき　に　とった　しゃしん　です。

| 1 | 1 |

答え：これは　つかうのが　むずかしいですね。もっと　べんりな　の　が　いいです。

第十四章

一、文字、語彙問題

もんだい 1

| 1 | 1 | 2 | 1 | 3 | 3 |

もんだい 2

1	3	2	3

もんだい3

1	3	2	4

二、文法問題

もんだい1

1	1	2	2	3	3	4	3	5	4	6	3	7	4	8	3	9	4	10	3

もんだい2

1	3

答え：まだ　かんたんな　<u>かんじ</u>　<u>しか</u>　わかりません。

2	2

答え：なつやすみ　に　<u>うみ</u>　<u>か</u>　やま　へ　あそびに　いきませんか。

3	4

答え：これが　<u>ジョンさん</u>　<u>の</u>　<u>描いた</u>　<u>絵</u>ですか。

第十五章

一、文字、語彙問題

もんだい1

1	3	2	3	3	3	4	1	5	2	6	3	7	3	8	1	9	4	10	4

二、文法問題

もんだい1

1	3	2	4	3	2	4	2	5	3	6	2	7	4	8	2	9	4

もんだい2

1	2

答え：よるに　なりましたから、ラジオ　<u>の</u>　<u>おと</u>　<u>を</u>　<u>ちいさく</u>　しましょう。

1	4

答え：きょうは　<u>ごごから</u>　<u>あめ</u>　<u>に</u>　<u>なりました</u>が、かさが　ありませんでした。

第十六章

一、文字、語彙問題

もんだい1

1	1	2	2	3	2	4	4	5	2	6	3	7	3	8	2	9	3	10	4

二、文法問題

もんだい1

1	4	2	1	3	1	4	2	5	3	6	3	7	4	8	2

もんだい2

1	2	2	2

もんだい3

1	1

2	3

第十七章

一、文字、語彙問題

もんだい1

| 1 | 1 | 2 | 2 | 3 | 1 | 4 | 1 | 5 | 3 |

もんだい2

| 1 | 1 |

二、文法問題

もんだい1

| 1 | 2 | 2 | 2 | 3 | 4 | 4 | 1 | 5 | 3 | 6 | 1 | 7 | 3 |

もんだい2

| 1 | 1 |

答え：すずき　じろう　<u>と</u>　<u>いう</u>　<u>ひと</u>　<u>を</u>　しって　いますか。

| 2 | 1 |

答え：いえ、いま　きょうしつ　<u>に</u>　<u>は</u>　<u>だれ</u>　<u>も</u>　いませんよ。

| 3 | 4 |

答え：山田さんは　<u>きのう</u>　<u>どこ</u>　<u>か</u>　<u>へ</u>　でかけましたか。
もんだい3

| 1 | 4 | 2 | 3 | 3 | 2 |

第十八章

一、文字、語彙問題

もんだい1

| 1 | 4 | 2 | 1 |

もんだい2

| 1 | 2 | 2 | 3 | 3 | 3 | 4 | 1 |

二、文法問題

もんだい1

| 1 | 4 | 2 | 2 | 3 | 1 | 4 | 2 |

もんだい2

| 1 | 1 |

答え：原田さん　<u>は</u>　<u>1しゅうかん</u>　<u>に</u>　<u>何かい</u>　そとで　ばんごはんを　たべますか。

| 2 | 1 |

答え：すみません。かぜで　あたまが　いたいです。いま　<u>は</u>　<u>だれ</u>　<u>と</u>　<u>も</u>　はなしたく　ありません。

| 3 | 1 |

答え：おひるごはん　<u>の</u>　<u>あと</u>　<u>で</u>　<u>こうえん</u>　を　さんぽ　しませんか。

第十九章

一、文字、語彙問題

もんだい1

1 2　2 1　3 1

もんだい2

1 4　2 4

もんだい3

(1)

1 3　2 2

(2)

1 4　2 3　3 4

二、文法問題

もんだい1

1 3　2 2　3 3　4 4　5 2

もんだい2

1 2

答え：A「きのうは　おそく　まで　しごと　を　して　とても　つかれました。

2 3

答え：わたしは　もっと　ちいさくて　かるい　の　が　ほしいです。

もんだい3

1 4　2 3　3 3

第二十章

一、文字、語彙問題

もんだい1

1 3　2 3　3 2　4 3

もんだい2

1 3　2 3

二、文法問題

もんだい1

1 3　2 4　3 3　4 2　5 2

もんだい2

1 3

答え：いいですね。それでは、デパート　まで　は　バス　で　いって、それから　あるいて　えいがかんへ　いきましょう。

2 2

答え：へやの　そうじを　して　から　デパート　へ　かいものに　いきました。

もんだい3

1 2　2 3

第二十一章

一、文字、語彙問題

もんだい1

| 1 | 2 | 2 | 4 | 3 | 2 | 4 | 3 | 5 | 1 |

もんだい2

| 1 | 2 | 2 | 4 | 3 | 4 |

二、文法問題

もんだい1

| 1 | 3 | 2 | 4 | 3 | 2 | 4 | 2 |

もんだい2

| 1 | 1 |

答え：この　ちかくに　とても　しずかで　きれいな　こうえんが　ありますよ。

| 2 | 4 |

答え：わたし　は　はやい　ほう　が　いいので、タクシーで　いきたいです。

第二十二章

一、文字、語彙問題

もんだい1

| 1 | 2 | 2 | 3 | 3 | 4 |

もんだい2

| 1 | 2 |

二、文法問題

もんだい1

| 1 | 3 | 2 | 3 | 3 | 3 | 4 | 3 |

もんだい2

| 1 | 3 |

答え：バス　より　でんしゃ　の　ほう　が　はやいですから、でんしゃで　いきましょう。

| 2 | 3 |

答え：そうですね。でも、きょねんは　ことし　より　もっと　あつかったですよ。

日檢讀本 02

絕對合格 日檢 N5 讀本 下

單字、文法、聽力、閱讀 一本就過！

發 行 人……林德勝

著　　者……吉松由美、田中陽子、西村惠子、大山和佳子　合著
主　　編……吳冠儀
美術設計……吳欣樺

出版發行……山田社文化事業有限公司
　　　　　　106台北市大安區安和路一段112巷17號7樓
　　　　　　Tel：02-2755-7622
　　　　　　Fax：02-2700-1887

郵政劃撥……19867160 號　大原文化事業有限公司

網路購書……日語英語學習網 http://www.daybooks.com.tw

經 銷 商……聯合發行股份有限公司
　　　　　　新北市新店區寶橋路235巷6弄6號2樓
　　　　　　Tel：02-2917-8022
　　　　　　Fax：02-2915-6275

印　　刷……上鎰數位科技印刷有限公司

法律顧問……林長振法律事務所　林長振律師

定　　價……新臺幣299元
出 版 年……2013年10月 初版